アマルフィの恋物語

〜ライラックの花咲く中庭を貴方と歩きたい〜

赤井ちひろ
AKAI Chihiro

文芸社

contents

アマルフィの恋物語　～ライラックの花咲く中庭を貴方と歩きたい～

プロローグ

ここはイタリアのカンパニア州サレルノ県にある人口五千百人の世界有数のリゾート地、アマルフィ。

かの有名な海沿いの断崖に、カラフルな建物が重なる様に立ち並ぶ世界遺産は、今でこそ人が賑わうものの、それでもローマなどに比べたらゆったり過ごせるのが特徴だ。

アマルフィ中心部からバスで三十分、丘を登った高台にあるヴィラ・ルーフォロという町は、かつてワーグナーをはじめとして、数々の芸術家たちを魅了した。

眺望が素晴らしいこの場所では、真夏の期間限定で野外コンサートが繰り広げられ、かつては伝説の日本人女性ハープ奏者が素敵な音色を奏でていた事で有名な場所だった。

十年前まではコンサート時期に合わせ、世界最大級の料理の祭典も行われ、ホテルのバーでは自家製リモンチェッロも飲めるほどレモンは有名な特産物であり、レモンを使ったレシピはこの地域ではなくてはならないものだった。

そして、アマルフィ海岸の美観を見渡すその町は、クラシックホテルに滞在するお客様に、ひとときの幸せを提供する事となる。

その町の片隅にはいつも綺麗なピアノの音が鳴り響く小さな一軒家のレストランがあった。オーナーシェフは三枝涼《さえぐさりょう》。現在四十二歳。天才的な腕を持つ世界で三本の指に入る料理人の一人だ。

これは、世界のてっぺんに上り詰めようとした三枝涼と、そんな涼をひたすらに愛し続けた、雨宮悠《あめみやゆう》の、愛の物語である。

第一章　原点

三枝涼・雨宮悠　AGE 25

三枝の店は顔面偏差値が異様に高い。

バリスタとしても一流のコック東雲泰河《しののめたいが》。丁寧な仕事をする若手ナンバー1。

物腰の柔らかな、伊達メガネの似合う雨宮悠。彼にサーブされるとワインは何倍もの味に変わるという。

メインを飾るのは重低音の効いた尾てい骨直下型の甘い声。コックコートの上からでも分かる隆起した筋肉。狙った獲物は逃がさない三枝涼。

三枝たちは自分たちだけで切り盛り出来るちょっと小ぶりの店を見つけた。二十歳の頃にはこの世界の片隅に籍を置き、その二年後にはイタリア料理界のトップに君臨していた。

「シェフ！　吉報です」

「んだよ」

「英国王室御用達に認定されました」

泰河がバタバタと走りよった。

「店内を走るなといつも言ってんだろーがよ」

「シェフも言葉遣いに気をつけてくださいといつも言っています」

「うるせーな！　小姑か」

「小姑じゃありません。でもこれ、本当に凄い事ですよ。スウェーデンに次いで英国までシェフを認めたってことですもん」

「うるせー、大袈裟。興奮しすぎだ。泰河」

「だって、シェフの作るスフォリアテッラはホントに最高なんですから。全世界の人に食べて貰いたいくらいです」

「泰河は本当に涼が好きだなぁ」

グラスを磨いていた悠は、その手を止めて泰河の頭をポンポンと撫でた。

「悠さんだって冷静な振りしちゃってますけど、心ここにあらずなのはバレてますからね」

「そんなことは無いだろう」

綺麗な声で、優しそうに話す声が、悠お得意のハープの奏でる音の様だった。

「あーりーまーすー。ほら、グラスが汚れてる。いつもの悠さんならこんな磨き残しなんかになりませんから。素直に嬉しいって認めたらどうですか」

グラスの汚れを指摘された悠は、動揺して耳まで真っ赤になり、慌ててグラスを磨き直した。

「それより、涼。久しぶりに孤児院に帰らないか。今回の事はエマのおかげでもあるんだから」

「ばばぁの？　なんでばばぁのおかげなんだよ」


今回御用達に選ばれたスフォリアテッラというお菓子は、そもそもアマルフィの修道院で作られた事が由来のお菓子だった。エマはその修道院の出で、その横に、小さな孤児院を建て、身寄りのない子供達を集めて生活していた。好奇心旺盛な涼は、パイ菓子を得意とするエマに、小さなころから教わってはダメ出しを受け、負けず嫌いの性格から、何度も繰り返し作ってきた。


悠は泰河に「君も行くかい」と声を掛けた。

泰河は嬉しそうに声を弾ませた。

「孤児院って、お二人が育った場所ですか？　僕、お邪魔するの初めてです。エマさんってどんな方ですか」

「デブのばばぁ」

「涼！　エマに失礼でしょう。ごめんね。泰河。エマっていうのは、俺達のマンマみたいなものだよ。泰河も日本にお袋さんいるんだろう？」

「はい。もう何年も会ってませんけど、たまに手紙は来ます」

「お前、そう言えば何で留学終わったのに帰んねぇーの？」

「え？」

泰河は涼の予期せぬ言葉に詰まって、立ち尽くしてしまった。

帰り支度をしながら、悠は唇の端をクイッと上げ、涼の腹にグーパンを入れた。

「お前のところで働きたかったからだ、バカ」

「あー、悠さん。言っちゃ駄目ってお願いしたじゃないですか」

「雇ってくれって、凄い勢いで俺のところに日参してたじゃないか。あまりにも真剣で、つい応援したくなった」

「あー、あのストーカーみたいなやつ泰河か」

大好きな三枝の一言に、泰河はシュンとなってさっき迄の威勢のよさはどこかに消えていた。

「言い方だよ！　涼」

「悠さん。僕は大丈夫ですから」

「まぁ役に立ってんし、何でもいいや。帰んぞ」

三枝はどうでもいいとばかりに呑気に答えた。そんないつものスタイルに周りも自然となごんでいった。

「せっかくだから花でも買っていこう。今の季節は沈丁花がいい香りするよ」

ロッカーの中からジャケットを取り出すと、さっそうと羽織り、悠はテーブルの上の携帯をポケットに突っ込んだ。

「はぁ？　花なんか腹のたしにもならねーだろ」

花より団子を自負する涼は、ため息をつきながら、めんどくさそうな顔をした。

「空腹を満たすだけが幸せじゃないでしょう」

ポーカーフェイスを貫く悠は、存外ロマンチストであった。

「いやいや、俺にとっては食えたら幸せだぞ。悠だって散々空腹を経験してきたんじゃないのか」

そういいながら、悠の後をおった。

「俺は涼程に食うのに困ったことは無いよ。花は好きだなぁ。涼が食い気が旺盛なのはただの性格なんじゃないのか。優雅にはほど遠いもんな」

「ていうかお前さ、あんな風に突然天涯孤独になったのに、なんでそんな、なんつーの？　温和な性格してるかね」

「ん？　温和かなー。まぁ、当時のことはあまり思い出したくない。でも、母さんのおかげで、お金には困らなかったし、寝る所だって、チャリティーコンサートをやっていてくれたおかげで、修道院のお世話になれたから。世間が思っているよりも、幸せなんじゃないか。美味しいものは好きだけど、音楽と花はもっと好きだ」

「お二人は何歳のころからお知り合いなんですか？」

二人の間を泰河が割って入ってきた。

涼と悠は顔を見合わせて、どちらともなく十歳だと言った。

「十歳、ですか。もっと小さな頃からだと思っていました」

だんだんと声が小さくなっていく。緊張したり動揺したりすると声がどんどん小さくなる。泰河の癖だ。

それなりの地位まで上り詰めた二人にとって、過去の事は大した事ではないのだろう。初めて聞いた生い立ちは、泰河にとっては想像以上であったが、当の本人達にとっては、今日の朝ご飯の中身を話すくらいの気軽さだったように感じられた。

「俺は赤ん坊の頃、この修道院の前に捨てられていたらしい。ボロボロの薄汚れたタオルケットにくるまれて、ある雪の降る朝のことだったって聞いたことがあるぞ。それでもタオルケットには大して雪が積もっていなかった事から、修道院の朝の日課の掃き掃除の時間まで、きっと母親が抱いていたんだろう、と物心ついたころシスターが教えてくれた。でもな、『愛されていたのよ』なんて言われたって、捨てられた事には変わんねぇよ。親の記憶すら持ってない。俺の母親はエマだけで、俺に父親はいない」

「涼って名前はどなたが？」

「赤ん坊の手に握らされていた紙に書いてあったらしい。もういいだろ。聞いただけで何一つ実感なんかねぇよ」

思い出したいような楽しい記憶ではないのだと、泰河は理解した。

「嫌なら答えなくていいです。もう一つだけ、日本語がそんなに上手なのは何故ですか」

こういう事はタイミングだ。いつでも聞ける内容ではない。

「あぁ、それな。修道院の中に居たんだよ、ルチアって洗礼名を持っていた日本人が。そのねぇちゃんはやたらに教えるのがうまくてな。で、君は日本人なんだから日本語は話せるほうが良いって言われて、今でも悠と二人きりで話す時は日本語を使う」

「悠さんはいつからここに住んでいるんですか？」

「母さんが病気で死んだのが十歳だったから、その時からだよ」

「なんで孤児院に？」

ぶしつけな泰河の質問に嫌な顔一つせず、悠は淡々と答えた。

「だからチャリティーコンサートで来た事があるって言っただろう」

「どんなチャリティーコンサートですか？」

「そのうち教えてやるよ。さぁ花屋についた。買って帰るぞ」

何と無く流されたような気がしたが、これ以上聞けるような雰囲気でもなく、一瞬のうちに閉ざされた悠の心の壁に、泰河は聞くのを諦めた。

久々の来訪に大喜びの孤児院の仲間たちは、涼お手製のシチューを食べ、どんちゃん騒ぎをし、町の花屋から買い集めた沈丁花は、室内にこれでもかと甘い香りを漂わせていた。

花言葉は『栄光・不滅』。
仲間の存在。それが二年後に起こる悲劇から、涼を支える力の礎となっていった。

三枝涼・雨宮悠、AGE 27

当時、彼のレシピは金のなる木と言われるくらい価値あるもので、多くの仲間にも恵まれていた。しかし逆に、そんな三枝を良く思っていない者たちがいるのも事実であった。三年前から三枝と組んでいた二番手だったルッツォロは、上昇志向の塊のような男であったから、三枝を出し抜くチャンスを今か今かとうかがっていた。そんな折、三枝を良く思っていないサティスルー家というイタリアでも屈指の大金持ちの口車に乗り、いともあっさりと三枝を裏切った。

この年も世界大会に出場する三枝と組む予定のルッツォロ（二番手）が、いつになっても会場入口に現れず、悠たちは方々を探し回った。その頃ルッツォロは、料理人にとって何より大切なレシピを持ち出し、そのまま別のチームに寝返っていたのだ。それを知らない三枝はペアだったルッツォロが来ないまま、一人待っていた。

ルッツォロを諦め三番手とエントリー会場に赴き、名前を記入し、事前提出を義務付けられていたレシピを提出したその瞬間、受け取った係の小さなこそこそ話と、怪訝そうな顔に、場には冷たい空気が流れた。無情にも「このレシピは無効です」とのやり取りに、勘のいい三枝は何が起きたかを悟った。

仁王立ちの涼を遠くから見ていた悠が小走りでかけ寄った。

「涼。ルッツォロは？」

涼はそれには答えず、ただ一点を見つめた。

悠がその視線の先に目をやると、そこには見知った顔があった。

「どういう事」

「もういい。悠、帰ろう」

「おい、涼」

「レシピは無効だ」

「待ってってば、涼、涼ー」


ペアの発表は当日というルールだったから、この裏切りは最初から仕組まれていたのだろう。三枝は黙ってその場をあとにした。

あたかも三枝がレシピを模倣したかの様に書かれたイタリアンタイムズが、落ちた天才の見出しと共にアマルフィの夕暮れにばら撒かれた。

その日の夜、灰色の紙を握り締め、黙って星空を見上げる涼を、悠は物陰から見つめ声を殺して泣いていた。

翌日、真っ赤に腫らした目をした涼たちに、エマは黙ってシチューをよそってくれた。

「ごめん」

無言で食べ続ける悠に、涼は頭をさげた。

「なんで謝るの？」

わずかだが眉がピクリと動いた。悠は睨むように言った。

「俺が嵌められたのは、サティスルー家に仕えないかと言われたのを、断ったせいでの報復だろう？　俺のせいでお前まで泣かせた」

「泣いてねーよ」

「…………」

「よく考えてみろよ。こんな孤児院出身の若造二人に金かけて潰しに来るなんて、俺たちすごいと思わないか？　一応これでも俺にだって『断崖のクールガイ』って異名もあるんだぞ。心配しないでいいから」

涼は、悔しそうな表情から必死に笑顔を作ろうと口角を上げ、「お前、凄いカッコイイよ」と言った。

「今更？　芯の強さは筋金入りさ。さっ食べようぜ、シチュー」

エマは言った。

「何度でものし上がればいいわ。どん底を知っているものは強いのよ。涼君たちは、ここの子供たちの憧れなんですから胸を張りなさい。何もやましいことはしていないのだから」

三枝涼・雨宮悠　AGE 29

断崖の町アマルフィ。

涼と悠の故郷だ。ここの人たちの暖かさは二人に力をくれた。

——何度でものし上がってやる。

——権力なんかには負けねー。

三枝たちはそこからまた不死鳥の様に甦り、一から自分たちの店を作っていった。

店の名はALLORO《アッローロ》、月桂樹という意味だ。

花言葉は『勝利・栄光』。

「俺たちにぴったりじゃねーか」

客席から見える中庭にはライラックの木が植えられ、自分の店を持ったら絶対にピアノを置きたかったという悠は、これが希望だと、フロアのど真ん中にピアノを置いた。

「お前、ハープとバイオリン以外にピアノも弾けんの？」

「いや」

「なら、いらねーだろ。あそこにお前の十八番のハープ置かねーか？　あと真ん中にはシンボルツリーの月桂樹を植えようぜ？」

「それぞれわがままは二つだけ。あとは話し合い。俺のわがままはライラックとピアノだ」

涼は盛大な舌打ちをしたが、俄然無視を決め込む悠に根負けし、

「わーったよ」

と言った。

料理の中身は全て三枝の一存。

「自分勝手なのはお互い様か」と呟いた。

南イタリア独特の暖かな気候と海沿いならではの魚介を生かした料理。

沢山の種類のパスタを用意し、日替わりで生パスタも打っていく。

煮込みが十八番の三枝は多種多様の煮込み料理をメニューに載せた。

一緒にやると言って聞かなかった泰河は、師匠から受け継いだパスタにアレンジを加え、自身の最高傑作となった、レモンを練りこんだ生パスタをメニューに載せてもらった。

アマルフィの中心地である、ドゥオモを望む広場から、アマルフィ大聖堂に続く長い階段を上りながら飲むビールが、涼はことのほか気に入っていて、特にそれがモレッティであれば、なおさらご機嫌だった。

涼の買い出しの荷物持ちに駆り出されるのが常の泰河は、定番の炭酸水を手に持っていた。

「しかし、何年いてもイタリアの階段の多さには、なかなかなれませんね」

「イタリアの洗礼さ。そのうち慣れる」

「これ、上まで登れば大聖堂ですよね。シェフは中のフレスコ画、見たことありますか」

泰河はちびりちびりとビールを口にしながら、眼前に広がる大聖堂の前で立ち止まった。

「あるぞ、悠に付き合って一度だけだがな」

涼はさして興味もなさそうに、ぶっきらぼうに答えた。

「一度……ですか」

「十分だろう。絵画じゃあ腹は膨れねぇ。悠にそう言ったら、芸術音痴とは二度と一緒に見ないと言われたっきり、見てねぇよ」

泰河は肩を上げ、小さなため息をついた。

「そんなことよりゼッポリーニがあるぞ。食うか？」

「何ですか？」

「あおさのりを混ぜこんだナポリの揚げパンみたいなものだ」

「シェフ……、そんな事は知ってます！　僕料理人ですよ。誰がゼッポリーニの中身を聞いたんです！　バカですか？　そうじゃなくて」

バカにされたと思ったか、流されたと感じたか、ふてくされる泰河はまだまだ子供だ。

普段は控えめで儚げな美少年だが、喋らせると辛辣この上ない。悠の小型版のようであった。

頭がいいからか、会話のレスポンスが速く言葉選びは的確で、しかも、突っ込みも速い。

泰河にゼッポリーニの袋を押し付けると「そろそろ頃合いか」と涼は独り言のように言った。

「頃合いって何がですか？」

質問には答えず涼が黙っていると、背後からさらに大きな声がした。

「シェフ！　そろそろって何がですか！」

イライラしている様だ。珍しい……。

「ん？　半年後、ここで日本の金持ちが主催する世界的な料理の祭典がある。それに出る！　アマルフィの祭典での今年の優勝者も勿論出てくるだろう」

「シェフ！」

泰河は持っていた炭酸水を落とし、慌てて拾うとシュワシュワ吹いている飲み口を服から離した。大輪の花が咲いた様な笑顔を見せたかと思えば、途端に迷子の子供の様な不安な表情をさらす。

「その世界タイトルの戦いは、前みたいに参加すら拒否されるとかはないんですよね」

「ないさ。参加条件にわざわざ書いてあんよ！　過去の祭典の資格剥奪の有無は問わないだとよ。

待ってます！　って言われてる様なもんだぜ。それに、今回はサービスマンとセットらしい」

「ってことは、悠さんと出るんですか？　僕が出たかったです」

泰河はむっとした口調で言った。

「悠以外は有り得ないだろう。やるからには当然勝ちたいからな」

「シェフ、いくら本当の事とはいえ、言い方ですよ」

「それに……」

三枝は何かを言いかけて、そのまま空唾を呑み込んだ。

「それに、何ですか？」

泰河の問いに、ビールを飲みながら、階段の途中で、クルリと体を回転させると、ドカリと腰かけた。

「題目は審査員が今まで食べた中で一番美味しいと思った思い出のシチューと飲み物だとよ」

「なにそれ、審査員が？　今までで一番美味しい？　つまり食べた中でって意味？」

「厳密に解釈するならば」

泰河は黙って聞いていた。

「審査員のうちの一人は、全ての決着がつくまで、どうやら非公開らしい」

「誰もわからなかったら？」

「優勝の該当者なしの場合には一番美味しかった者に賞金は与えられるようだ」

「ムッシュは何を作るんですか？」

「題目通りだ。俺にとっての一番おいしい思い出のシチューと、それに合う飲み物さ」

世界各国から腕利きのシェフが来るなら、素材も最高の逸品が並ぶはずだ。少しでも時間は惜しいはずなのに全く焦るそぶりもない。

三枝はあくびをしながらのんびりとピッツァやピーカンナッツパイで小腹を満たしている。しかも片手にエスプレッソをダブルで飲み始める始末だ。

やれやれとばかりに泰河もピーカンナッツパイを頬張った。

「でも、やる気になったってことですよね」

「勝つって言わなかったか」

「ですね。飲み物はどうするんですか？」

「そんな事は悠に聞け。俺には関係ない。あいつの仕事だ」

「相変わらずですね。お互い信頼しているからこそですけど、端から見たらただの意地悪……」

泰河は呆れながらも三枝の横顔をちらりと見る。青い空をバックに光る三枝の目と、わずかに引き上がった口元は、獲物を狙う捕食者のそれだった……。

優勝賞金は三十五万ユーロ、憶測を呼んでいた副賞は、結果が出てからという主催者側の意向が貫かれた。

「勝ちに行くさ。てっぺんは、俺たちがいただく！　そして今一度アマルフィの評議委員会をひざまずかせてやる！」

「あの時、権力にひざまずいた事を後悔するがいい。料理の世界で強いのは金を持ってる奴じゃねー。強いのは……才能に胡坐をかかず努力しつづけたやつだ！」

反撃ののろしが上がった瞬間だった。

二人の出会い

「涼君！　同い年のお友達よ。今日からここで一緒に住むわ。分からない事は面倒見てあげてね」

エマのでっかい声が孤児院中に響いているようで、俺は思わず耳を塞いだ。

「ほらほらベッドから降りてきて」

仕方がなく寝ていたベッドから起きると三段目のベッドから飛び降りた。

「床に穴が空いてしまうからやめて頂戴」

「んな簡単に穴なんか空かねーよ！」

「まっ、そういうの、減らず口って言うのよ」

「口は減ったりしねーし」

エマはそんな俺を笑って見ていた。

エマの後ろに隠れてるその少年は、端正な顔立ちをした、細身の色白の何とも言えない儚げな雰囲気を持っていた。

「おい！」

無口君かよ。

「おい！　俺は三枝涼《さえぐさりょう》お前は？」

突然話しかけられびっくりしたのか、きょとんとしてこちらを見ている。

「名前だよ！　お前の名前！　なんて名前かって聞いてんだ！」

「雨宮悠《あめみやゆう》」

「あめみや？」

「風とか雨とかの雨にお宮の宮、ゆうは悠々自適の悠」

説明の仕方にすげぇ面倒くさそうな奴だと直感が働いた。

「君は？　さえぐさ君？　だよね。どんな字を書くの？」

「こんなやつ」

俺はその辺の紙に書いて見せた。だって説明とか苦手なんだ。なんていうの？　体で覚えるタイプってやつだ。

口は悪いし、うまく説明出来ない。

「漢数字の三に木の枝の枝に涼しいって字のりょう、か。わざわざ、書かなくても」

「うっせーよ。いちいち説明するのが面倒なんだよ」

「涼って呼んでも良い？　俺も悠でいいからさ」

「下の名前？」

ピリッとした空気を感じた雨宮は、様子を伺う様に辺りを観察している。

狼のメスみたい……。そんなに体は大きくはねぇけど……一夫一婦制の狼みたいに強いオスを探す力に長けてる感じ。

確かにここは俺の縄張りだ。だからといって別に媚を売る訳じゃない。こういう奴って一緒にいて気分がいい！

長い付き合いになる気がする。これも直感だった。

「いいぜ。悠っつったよな。荷物片付けるの手伝ってやんよ！」

玄関まで荷物を取りに行こうとする俺の手を掴むと、

「これだけだよ。ほんとに大切なものしか持たない主義なんだ」

俺も不要なもんは持たない主義だけど……かなり徹底してる感じがする。片付けていたら暑くなったのか、悠が羽織っていた生成りのシャツを脱いだ。胸元から覗いたチェーンにぶら下がっていた丸いカタマリに目を奪われ、おもむろに手を伸ばしてしまった。初めて見た。こんな綺麗な時計。

「なにこの時計。すげー綺麗だな」

「懐中時計だよ。母さんの形見」

そうか、常に身に着けてるんだ。

「お前の夢って何？」

そう聞くと、悠は口を閉じたまま何も言わなかった。

「俺は世界一になりたい。金持ちになって料理の世界で頂点に立つんだ！」

「そうなんだ。俺、応援するよ」

踏み込まれたくなさそうな、そんな空気感だった。

孤児院では新しい仲間が入ると決まって俺がご飯を作る。

俺なりの歓迎の儀式みたいなものだ。

「歓迎会してやるよ」

俺はそのままキッチンに向かった。

いつも必ずリクエストがあるのは、アマルフィ名物・レモンを使った「レモンとクルミのパスタ」。

俺は物心ついた時には天涯孤独だったから、一人で生きていくためには手に職をつけるのが一番だと思っていた。

アマルフィのカフェや地元の店での皿洗いは、料理の修業にうってつけだった。忙しい時間が違う店を梯子したり、掃除をしたりしながら残ったソースの味見をした。

うまい飯を作るには道具の手入れは欠かせない。包丁なんてまださわらせて貰えないから、時間を見つけちゃあ寸胴鍋を必死に磨いていた姿が親方に気に入られ、作って食わせてくれた料理がこれだ！


レモンとクルミとニンニクしか入ってないのに本当にうまい。

最初はレモン汁で作ってみたけど酸っぱすぎて親方の味には程遠く、誕生日に親方が贈ってくれたゼスターを使うと見違える様な出来になった。（ゼスター＝レモンなどの皮を削る道具）

孤児院の庭は種から植えた花々が、所狭しと咲いている。

綺麗な顔をしている悠はその中に立つとまるで別人のようで……ドキッとするオーラがあった。

今日は悠のために作るんだ。俺の十八番！

レモンをもぎに庭に出たら、悠が花を摘んでいた。反対の手には草？？

「何してんの？」

「涼が俺のために美味しいパスタを作ってくれるって聞いたから、俺は美味しいハーブティーを淹れようと思って」

「草だろ？　それ」

俺は雑草を持ってる様にしか見えない悠をからかい気味に言った。

「これはハーブっていうんだよ。料理人になりたいならそのくらい覚えておきなよ」

悠は呆れ気味にそういうと、鼻先に草を押し付けてきた。

「何このにおい。すげーいい香り」

「レモングラスだよ。そこに生えていたから。涼の作る料理に合うと思って」

美味しいから大丈夫だよ。心配しないでと笑って部屋の中に入っていった。

俺はもいだレモンでパスタを作って、みんなのいるダイニングテーブルに行くと、花も飾られていた。

「綺麗だな。これなんて花？」

「プリムラよね」

エマが言うと、

「うん。プリムラ・マラコイデスだよ」

と悠が教えてくれた。

「花詳しいんだな」

感心する俺に悠は、

「将来サービスマンになりたいんだ」

とそっと教えてくれた。

テーブルの真ん中には、小さなグラス。そこに飾られた綺麗なライムグリーンの花は今日の料理に花を添えた。

花言葉は『運命を切り開く』。

これが三枝涼と雨宮悠の初めての出会いだった。二〇一一年、この時二人はまだ十歳。母親を亡くし天涯孤独になった二人の……悲しみで濡れた糸がほどけ始める瞬間だった。

クリスマスの奇跡

時は二〇一五年　十二月二十五日。

彼らは十四歳。出会ってから四年の歳月が流れていた。

「悠、今日は何時に帰ってくるんだ？」

涼は孤児院の三段ベッドの一番上から見下ろすと、悠に向かって話しかけた。

「内緒ですよ」

悠の黒髪は、とても上質とは言えないシャンプーを使用してるくせに、なんでこんなにと思うほどサラサラで手触りがいい。

手入れの極意でも本にしたら、売れるんじゃねーの？　と涼が思うくらいのナイスビューティーヘア。

「秘密主義も大概にしろよ！　今日はエマの誕生日だぜ！　俺たちが出来る事って言ったら、うまい飯に綺麗な花だ。さっさと帰って来いよ？」

いつもより機嫌の良い相棒に分かったよと片手を上げ、悠は答える。

「うん。今日は結婚式のお手伝いだからコンセプトに合う良い花が残ったら貰ってくるよ」

「あー、俺も今日はモーニングだけだから、さっさと帰ってきてディナーを作るぜ！」

涼はその時、まさか悠が捨て猫を拾ってくるなんて、思いもしなかった。


「おい！　涼！　今日夕方まで残れるか？」

「すんません。今日はちょっと」

親方はおやっという顔をするとニヤニヤ笑いながら近づいてきた。

「なんだなんだ、ガキのくせに一丁前だな。流石にイケメンは違うじゃねーか！　どこ行くんだ？」

俺はからかわれた事にも気がつかず上機嫌で答えた。

「エマの誕生日ですよ！　だからレモンとクルミのパスタと、あと何かを作ろうと思って」

「なんだばばぁの誕生日か。ならお前これ持っていけよ！」

親方はエマが大好きだ。いやこのアマルフィでエマを嫌いな奴なんかいるのかってくらいの人気者のばばぁ。

俺は親方に貰った赤ワインを抱えてメルカート（市場）に向かって歩きだした。

「よお！　涼。今日早《はえ》ーじゃねーか」

「女か？」

「ちょっと涼ちゃーん。暇なら遊ばない？」

あわよくば涼をゲットしようって奴らが、男も女も、後をたたない。

外野がガヤガヤうるさくなってきた。

そろそろ視線も邪魔くせーし黙ってもらうか！

俺はワインを紙袋から出して高く掲げた。

「あのさー皆、今日はエマの誕生日だから、俺が腕を振るうんだ！　エマに最高の飯を作ってやりてー。食材のプレゼントならありがたく受け付けるぜ！」

俺は皆にウインクをし、歩きだした。

「ひゅー」

あたりから口笛が飛んでくる。

「相変わらず良い声じゃねーか。歌手にでもなりゃいいのによ。もったいねーな」

「なんだばばぁの誕生日か。涼、赤ワインあんのか？　なら牛肉の塊やるよ。ブラザート作れよ。この前安い肉で作ったの、親方が残さず食ったって聞いたぜ」

「冬だしポレンタ作るにゃー絶好の季節だよ」

横から髭じぃが口を挟んでくる。

「なんだ、あの親方が全部食ったのかよ！　スゲーなお前。今度俺にも食わせろ」

冬のアマルフィは観光客がほとんどいなくなるから、威勢の良い港町の男たちがそりゃあ目立つ。

「ブラザートいいなー。肉くれんの？　大将！」

俺はすかさず返答した。

「野菜もっていきなよ。エマ、野菜食べないから太るんだよ！　野菜にしようよ涼ちゃん！」

新鮮な冬野菜をルッツォが沢山持ってきてくれた。ニンニクも入っていたし、バーニャカウダは確定だ！

アンチョビ欲しいなー。そう思った俺はお得意の人たらしの声で一発かます。

「なあ誰かアンチョビくれよぉ」

ゲット出来ない訳がない！

「バーニャカウダやるの？　私が買ってあげるよ」

流石、よく分かってるじゃねーか！

「レイラ！　気が利く良い女になるぜ」

「今度デートしてよ」

「そのうちな」

こんなやり取りもメルカートの名物になっていた。

これだけゲット出来たら大丈夫だろう！　レイラの最後のセリフには投げキッスで返し、早々にホームに帰ってきた。

◇

「健やかなる時も、病める時も、喜びの時も、悲しみの時も、富める時も、貧しい時も、妻を愛し、敬い、慰め合い、ともに助け合い、その命ある限り真心を尽くす事を誓いますか？」

「はい。誓います」

結婚式というものは、いつ見ても感慨深いものがある。

特にここで結婚式を挙げよう……なんて、相当ハイスペックだ。

しかも観光シーズンならいざ知らず今は真冬。アマルフィは言う程寒くないものの……やはりわざわざこの時期となると、新郎新婦の考え方や信念も相当に格好いい。

しかも今日の花はとてもセンスが良く、今まさに中で誓い合う彼らを、この後我々が給仕するだなんて最高だ。とただの黒子に徹する気満々だったのだが……。

今俺は『サンタ・トロフィメナ教会』にいる。

アマルフィ海岸の中央付近に位置し、八世紀初頭に建てられたこの教会は、街の守護聖人、聖トロフィメナを奉る歴史ある教会だ。

高い天井に響くパイプオルガンの音色は荘厳で華麗な結婚式にぴったりで、鳥肌が立つとはこの事かと思うほどの感動がある。

マーメイドドレスを着た花嫁は、花婿の待つ場所までヴァージンロードをゆったりと歩き始め……

俺はその歩幅に合わせ、何故かハープを弾いていた。

「悠君がハープを弾けるなんて知らなかったよ」

そんな事を言われた俺は曖昧に笑うしかなくて、そもそもなんでこうなった？

そうなんだよな……。今日はハープ奏者が体調不良で朝からバタバタして、泣きそうな花嫁を見たら、つい、「俺が弾きましょうか？」と言っていたんだった。

「君のハープを聴くと、かつて一緒に弾いていた仲間を思い出すよ」

俺の隣でバイオリン片手に静かに話す男性はどうやらスペイン人のようで、色んな場所で結婚式に参加しているらしい。

「音色が似ているのでしょうか」

俺は聞きたい様な、聞きたくない様な、どっちともつかない表情でポーカーフェイスを貫いた。

「君、名前は？」そう聞かれたが新婦が挨拶に来たのをきっかけに、俺は笑ってその場を後にした。


冬に咲く花には一種独特な色気があると思っている。俺は辺りを見渡した。

今回のパーティー会場の花は、冬咲きの大量のクレマチスをベースに、エリカを間に差し込み、カラーとしてローズマリーの紫の花とピンクのルクリアを配置した。

白のクレマチスをベースにしたら……つい色の綺麗なカレンデュラやオキザリスあたりを入れたくなるのだが、この会場のフラワーアレンジメントをした人はあえて入れてないのだろう。本来なら香りが強すぎるローズマリーなんか、普通は選ばない。

俺はこの花を作った人に興味を持った。花言葉は『見えない魔法』だ。

いくら見た目も色も綺麗でも……オキザリスなんて『決してあなたを忘れない』。そういうつもりじゃなくても、知ってる人はいるもので、結婚式の花言葉はとても重い意味を持つ。

パーティーがはけた後、エマの誕生日用に俺はローズマリーとルクリアを貰い受ける事にした。

「変わらぬ愛」俺は呟いた。

「よく知っていますね。これは?」

さっきのこんな小さな一言を拾うなんて、すげーいい耳してる。楽器をやるやつの耳だと振り返る。

そこにいたのは線の細い美少年だった。

「これはルクリアと言ってね、花言葉は『におい立つ魅力』だよ」

「へー。僕ならキンセンカを入れたくなるけど……」

俺はこの少年が気になった。

「花が好きなのかい」

「そういう訳じゃない。でも」

「でも?」

「でもオレンジの花は好きなんだよ。ちょっと元気が出る気がするでしょう？」

「確かにオレンジは元気が出る色だけれど……キンセンカは西洋の名前をカレンデュラといってね……『別れの悲しみ』という意味があるんだよ。だから基本的に結婚式とか幸せな場所では使わない」

「そうなんだ」

「君は参列者だったの？」

「うん」

「他の人は？」

「はぐれた」

イヤイヤ嘘だろ？　まだ子供だぞ？

俺も人の事は言えないが自分で食い扶持稼いでるやつとそうじゃない奴は根本的に違う。

「ホテルはどこ？」

「知らない」

「名前は？」

「…………」

「言えない？」

本気か？　……黙秘なのか、記憶喪失なのか、ただ……ほっぽって行く訳にもいかず、取り敢えず俺はこの捨て猫を拾う事にした。

孤児院の食卓

「ただいま戻りました」

いいにおいがそこら中に充満している。

「おかえりー、悠にーちゃん」

「おかえりなさい。悠」

口々に迎えに来るかわいい弟や妹たち。

「涼は？」

「キッチンよ」

リコが答える。一番年長者のリコはエマの手伝いをしながら子供たちの面倒を見ているお姉さんの様な存在だ。

「キッチンですごーいの作ってるわよ」

ぞろぞろ集まってきた子供たち。

すると一番下のミンクとコニーが何かを見つけ、口を揃えて言った。

「悠にーちゃん、誰その人」

俺の後ろに隠れていた捨て猫は……恥ずかしそうに顔を出した。

「捨て猫」

「猫？　この人、人間だよ。悠にーちゃん大丈夫？」

「結婚式会場で拾った。名前も分かんないんだよ。だから捨て猫な」

玄関でごちゃごちゃしていたら、キッチンの扉が開いて涼が顔を出す。

「なんだ悠、帰ってきてたのか？　時間ねーぞ！　早くセッティングしちまえよ！」

キッチンから顔だけ出した涼の動きが、一瞬止まった。

「……んだそれ」

「捨て猫」

悠がぶっきらぼうに言うと、その捨て猫は細い切れ長の目を涼に向け、眼鏡の奥から睨みつけた。

「ヒュー」

涼は高らかに口笛を鳴らした。

「お前気ぃつえーじゃん！　そういうの嫌いじゃねぇよ」

「んで悠はなんでこんなやつ拾ってきちゃった訳？」

このやり取りまたすんのかよ！　という悠の顔色をキャッチしたのか、涼は片手に持っていたお玉を振り回し、

「分かった分かった。なんでもいいからそこの奴も手伝えよ！」

と言い捨ててキッチンに戻っていった。

「うちのボスのお許しも出たし、君も花を飾るの手伝って。コニーたちは机の上にお皿とかを出そうな」

悠は弟たちにテキパキと指示し、エマが帰ってくるより早くセッティングを終えた。

「涼、おいしそうな匂いがするよ。今日の献立、結局何にした訳？　なんかえらく豪華な感じがするんだけど」

「っつうかその前にそいつ、名前は？」

「どうでもいいんじゃないのかよ」

悠は流そうとしたが、

「お前だと、みんなが反応しちまうだろ」

「悠にーちゃん、涼にーちゃんたちなんて言ってるの？」

普段聞きなれない言葉に、戸惑いを隠せない。

子供たちはイタリア語を使い、ミンク以外は英語も殆どわからないため、それ以外だと通訳が必要だ。

「Ryo gli chiese il suo nome.《涼は彼に名前を聞いたんだよ》」

「聞いてんだろ。答えろよ」

外野を無視して問い詰める涼の声に、捨て猫と呼ばれている靖二が瞬間的に反応した。

「関係ないだろ。僕のことなんて」

悠は、それに反応するように眉根を寄せた。誰にでも聞きたくない言葉の一つや二つ存在する。涼にとっては、まさにこの返しがそれであった。

「Non ho chiesto la tuaopinione. Come ti chiam, ti chiedo?《お前の意見は聞いてない名前はなんだと聞いている》」

「は？　何言ってるかわかんないよ、日本語で話してくれよ」

「Parlavo solo italiano, perché non capiranno il mio giapponese.《日本語が通じないからイタリア語しか話さない》」

「わかんないってー」

泣きそうな顔をした少年の肩を抱き寄せ、悠は頭をポンポンと叩いた。

「涼、おちつけ」

悠の静止にじろりと視線を投げてよこした涼は、譲るでもなく、「名前は？」と今度は日本語で言った。

みんなは、こうなったら涼が譲らないのは知っている。当然視線は捨て猫に集まる訳でどうにかしてと、目が言っている。

「靖二《せいじ》……靖二だよ」

捨て猫が口を開いた。

「喋れんじゃねーか」

意地悪そうに涼が笑うと、

「うるさいな！　はぐれたのはホントだよ。ホテルは覚えてる。帰ればいいんでしょ」

出て行こうとする靖二の細い手首を、涼の節くれだった大きな手が掴んだ。

「待てよ。どこから悠に引っ付いてきた訳？　捨て猫君は」

「靖二だって言っただろ。記憶力ないの？　バカじゃない？」

悠は靖二の日本語の要所要所を通訳した。

威嚇する様に虚勢を張る靖二に、涼は見下ろす様にして睨みつけると唇を舐めた。

悠は、涼の狩猟本能に火が付いたのを悟った。

「おい涼、悪い癖だ」

涼を静止にかかる。

「黙れ。邪魔をするな」

声が1オクターブ下がる。涼にとって靖二は獲物だった。

「勝手にしろ！」

悠は壁に体を預け、周りの子供たちは他の部屋に避難した。

頼りのリコは着替えに行ってしまったし、あと五分は降りてこない。

いくら十歳も年上だろうと、女性の着替えを急かす奴らはここにはいない。エマの躾の賜物だ。

捨て猫はビクッと身体を縮こませて、自分の乾いた唇を無意識に舐めた。

涼は尾てい骨に響くいい声で靖二の耳元に唇を持っていく。発動するのは【尾てい骨直下型】。未だかつてこの攻撃に耐えられた奴はいない。

小さな頃から一人ぼっちで生きてきた涼は自分を売るすべには長けている。顔も声も筋肉一つでさえ、武器になる。

落ちろ！　捨て猫！

組み敷かれるのは性に合わない！

狙うは攻撃側だ。

それに……ドMは体が反応するからすぐ分かる。こいつはMだ。それも飛び切り上等な。最高級の獲物。

「で？　どこからついてきた訳？　んー？」

俺の声に、もう理性は働かないだろう？　靖二の腰を掴み、キスをしようと顔を近づけた瞬間、涼の目の前で赤いものが流れた。

「痛っ」

靖二を見ると唇から血が流れて、涼は声を上げて笑った。

そんな涼に、みんなは毒気を抜かれ、ホッとした空気が流れだした。

「良かった」

悠はそう言うと、さっき涼が止めた鍋の火をつけ直した。

「益々気に入ったぜ。飯のしたく手伝えよ」

「僕、いていいの？」

　おずおずと聞く靖二に涼は、

「まっすぐ帰りたくなくて悠についてきたんだろ？　今日はエマの誕生日なんだ。豪華だぜ。食ってきな！」

「クリスマスなのかと思った」

「確かに世間じゃ今日はクリスマスだけどな、うちではエマの誕生日のが大切なんだ。ここにいる奴らは親に捨てられたり、小さい頃に親が死んだり、寂しい奴らが多くてさ。でも今のこいつらの笑顔があるのはエマがいたからなんだ」

　涼が靖二の頭を軽く小突くと小さな笑顔がもれた。

「エマは俺たちにとってはマンマみたいなもんなんだよ」

　悠も優しい声でそう言った。

　あたりを見ると、靖二より小さな子供たちですら、うんうん頷きながら靖二を見ている。

「Gli abbracci di Emma mifanno sentire la piu felice del mondo.《エマのハグは世界一幸せな気分になるよ》」とコニーが教えてくれている。

「靖二！　こっち来いよ。味見するか？」

　その声を合図に大行列だ。

「靖二にーちゃんだけずるーい」

食い意地が張っているミンクはふてくされて、俺も俺もと騒いでいる。

涼はやれやれという風に肩をすくめ、なくなるからちょっとずつだぞと味見をさせた。


【今日の献立】
・ブラサート（メルカートで貰った赤ワインと牛肉の塊をコトコト煮込んだ一品）
・ポレンタ（トウモロコシの粉で作るマッシュポテトの様なもの）
・レモンとクルミのパスタ
・バーニャカウダ

あとはもうエマが帰ってくるのを待つだけだ。

「ただいま。帰ってきたわよ」

ご飯を我慢していたミンクたちは早く早くとエマに纏わりついている。

「おかえり！　エマ。早くご飯にしようよー。ぼくっちお腹空いたよ」

「ごめんなさいね。すぐ着替えてくるわ」

エマの持ってる紙袋に涼は目をやると、

「ビンゴー！」

涼が一発声を上げた。

「あら涼、何がビンゴなの？」

「何でもねーよ」

エマはニコニコいつもの調子だ。

「それにしても随分いい匂いがするのね」

「ねぇねぇそれパネトーネ？」

ミンクたちは大好物のパネトーネをキラキラした目で見ていた。

「そうよ。今年はパネトーネが高くて、小さいのを探していたらケーキ屋のジョゼッペ爺さんがお誕生日プレゼントだってくれたのよ」

「やるじゃねーの、じーさん。流石だな！」

涼はエマに言った。

横から悠が小さな声で言う。

「わざとらしいよ。狙っていたくせに」

くそっ！　悠かよ。うるせー奴に見つかった。

こいつ洞察力はホント一級品だよなぁ。と涼はまじまじと悠を見て思う。

「女に買わすと後々めんどくせーからな、コニーもミンクもクリスマスしか食えねーんだ。一番めんどくさくない方法を、メルカートに撒いてきただけだっつーの」

「ホストにでもなんのかよ」

「コックになんだよ！　一流のな」

「ねぇねぇ涼にーちゃん悠にーちゃん、今日はエマのお誕生日に合わせて、靖二にーちゃんのこんにちは会もしようよ」

「はぁ〜？」

涼は素っ頓狂な声を出した。

「お友達は大切にしなくちゃいけないのよー？」

エマの周りに纏わりつき、コニーは大好きなキリンのぬいぐるみを抱きしめながら鼻歌を歌っていた。

「まっいいや！　コニーたちのわがまま聞いてやんよ」

「では改めまして、こんにちは。靖二君」

「こんにちは」

恥ずかしそうに答える靖二は、エマに柔らかい微笑みを向けられて、その笑顔は壁にかかっている絵画からマリア様が出てきたのかと思うほどだった。

（この世にマリア様がいるのなら多分こんな人……）

「いただきまーす」

皆で囲む食卓は、それはそれは幸せな色をしている。

「ねー靖二は何が好き？」

「靖二お兄さんでしょ？」

リコにたしなめられてもミンクには右から左だ。うっせーって顔をして耳を塞いでいる。

悠に通訳を頼みながら、靖二は身振り手振りでコミュニケーションを取ろうと試みた。

「何って？」

ミンクたちは靖二に興味津々。

「俺っちはさー体育が好きで算数がきらーい。でも英語はわりに得意だから教えてあげんよ？」

「英語得意ってすごいね。僕はそんなに得意ではないかな」

ミンクはテーブルにあるバーニャカウダの生で食べられる茄子を指して、

「これはメランザーネ！　英語だとエッグプランツだろ？　日本語ではなんて言うの？」

「なす、だよ」

「へー。ねー靖二は何が得意？」

「こらミンク！」

悪戯好きは伊達じゃない。逃げ足も速いし言う事は聞かないし、自分が尋ねた答えすらも、まともに聞いていない。

「私は体育がきらーい。でも絵を描くことは好きよ」

「コニーには聞いてねーよ！」

「何よ、私だって靖二おにーちゃんとお喋りしたいんだから、ミンク邪魔しないでよ」

「美術と音楽」

靖二は俯いて返事をした。

「音楽ってお歌？」

コニーが聞くと、靖二はダイニングにあった古いピアノを指さした。

「あれ」

俯きながらピアノを指す靖二をコニーはキラキラした目で見つめた。

「本当に？　ピアノ弾けるの？」

悠もつい口ばしった。音楽の話になると冷静でいられない。

「食いつくじゃねーかよ、悠」

「涼がピアノ弾いてくれれば問題ないんだよ。ピアノはさみしがり屋なんだ。使わないと狂うんだよ」

大体あんなぼろピアノ誰が弾くんだよと返せば、リコも、

「ボロくないもん！」

と返してくる。

「弾きたきゃ弾けよ。まっ調律はしてねーし……音の保証はしねぇけどー。んな金ねーからな」

涼が笑いながら言うと、

「どうせ僕なんて大した音出ないし、壊れてダメになったピアノくらいがちょうどいいよ」

靖二は答えた。

その時、ドン！　涼の大きな拳で壁がたたかれ靖二はびくっとした。家が壊れるかと思う大きな音だった。でもびっくりしているのは靖二だけで、悠は平然とご飯を食べているし、エマも優しく笑っている。

ちょっとコニーとミンクが泣きそうな顔をしているけど……なんかまずかったかなと靖二は戸惑った。

「ごめん」

「何、謝ってんの？　おめーさぁ……さっきもどうせ僕なんかって言ってなかった？　感じわりーわ！」

「やめろって、涼。靖二だってわざとじゃないよ」

悠が止めると、

「かばってんじゃねーよ！　今まで何があったのか知らねーけど、まだ俺たちは子供だぜ！　そもそもおめーさぁ……悠と会ったの、結婚式の教会なんだよな。今日あいつが働きに行った教会は『サンタ・トロフィメナ教会』だ。あそこで結婚式を挙げるにはかなりの金がいるんだよ。そこに招待されたんだろ。お前に親の財力は関係ねーし、悠が拾ってきたから一回目は見逃してやったんだ。この年で俺たちみてーに働かなきゃ食ってけねー訳じゃねぇんだろ？　恵まれてんのに自分の可能性、てめーで否定してんじゃねーよ！」

「いつもひとりぼっちの僕の気持ちなんか、あなたたちに分かる訳ない……」

靖二は眼鏡を外し、涙をぬぐった。

「分かんねーよ。俺はいつかここを出て金持ちになってこいつらを養ってやるって決めてんよ。あのピアノはコニーの両親が弾いてたピアノだ。事故で死んじまったけどコニーにとっては大切な宝物だ。ダメになったピアノとか言ってんじゃねー！　俺たちは孤児だから金なんかねーし……ピアノなんか不要だから売れとか言う大人もいんけどよ、いつか調律してコニーが弾きてーって思った時に俺は弾かしてやりてぇって思ってる！」

こんなに感情的になる涼を悠は見た事がなかった。

リコは涼を抱きしめ、ゆっくりと二人に向かって話し始めた。

「靖二君だってわざとじゃないわ。ねぇ涼ちゃん……私たちは貧しいけれど不幸じゃないでしょ」

「涼はね……小さい頃から一人だったから、大切な人を守りたいと思っているし甘やかしてあげたいって思っているのよ。仲間思いで誰よりも強くて……口はとっても悪いけど実はすごく優しいの」

「そんなの分かってるよ。会ったばかりだけど……見てたら分かる」

靖二は泣き腫らしている目をごしごしと擦りながら小さな声で答えた。

「涼ちゃん……？」

リコが優しく問いかける。

「んだよ」

「結婚式に出てたら幸福なの？　お金があったら寂しいって思うのは贅沢なの？　ねえ涼……」

「わっかんねーよ」

「そうよね。誰も分からないわ。だから誰も誰かを馬鹿にしてはいけないの……」

リコは涼の頭の上に手を置いた。

「靖二君？」

「……はい」

「誰も誰かを馬鹿にしてはいけないなら、それは勿論自分も入るのよ」

「どういう事ですか？」

「さっき、なんで涼ちゃんが怒ったか分かる？」

「ダメになったピアノとか言ったからでしょ？　コニーを傷つけたから」

「そうね。コニーはちょっとは悲しかったかもしれないわ……でもね」

「コニー、そんな事で悲しかったんじゃないよ」

靖二の足元に座り込んだコニーは、大好きなキリンさんで靖二のお膝をとんとんした。

靖二は大きく息を吸い、そして息を吐くとキリンに話しかけた。

「キリンさん……僕、何がいけなかったの？」

コニーはキリンを持って答えた。

「どうして……どうせ僕なんかって言うの？」

「だって、いつも一人ぼっちで誰も一緒にいてくれない」

「コニーも涼お兄ちゃんも悠お兄ちゃんもエマも、ミンクだってリコちゃんだってみんないるよ。コニーはね、独りぼっちって思った事ないよ。靖二お兄ちゃんも、もうコニーのお友達。コニーは大好きなお友達がどうせ……って言ったら悲しいよ」

「キリンさん……」

「涼お兄ちゃんも同じ事思ってる。だから怒ったんだよ。怒ると思ったから、ミンクなんか慣れているから普通にご飯食べてるし」

靖二は涼に目を向けた。

「ごめんなさい」

膝を抱えて聞こえないくらいの声で靖二は言った。

「ほら涼ちゃんも」

頭をポリポリ掻くと、

「つくそ！　言いすぎた！　でも、おめぇもわりぃんだからな」

「もうーしょうがないわね」

リコは呆れて涼の頭をこつんと叩いた。

「靖二君これで許してあげてね。涼ちゃんの精一杯のごめんなさいだから」

靖二は一生懸命首を振ると、目の前にあるピアノに近寄った。椅子に座り、指を置くと、ポーンと鍵盤が鳴った。

皆の視線が靖二に注がれる……。

「全然練習してないからあんまりうまくないけどいいかな……」

「いいに決まってんだろ！　俺が弾いたら騒音苦情きちまうだろ」

涼が顔をくちゃくちゃにして吠えた。

「違いない！」

「被害被害きちゃうきちゃう」

「はは……そうだね」

悠は飾ってあったローズマリーで花冠を編み、靖二の頭に載せた。

「『あなたは私を蘇らせる』『静かな力強さ』って意味がローズマリーにはあるんだよ」

悠は静かに言った。

涼は椅子を靖二の近くに持っていき、背もたれを抱きかかえる様に座ると、

「クリスマスっぽい奴にしねー？　おめーのミニリサイタルだ」

「メドレーにしようよ」

靖二は音程の外れたピアノのキーを変えながら、外れた調子も気にせず弾きつづけた。

コニーやミンクはかわいいダンスを踊ってくれて、涼と悠は靖二のピアノに合わせ歌を歌ってくれた。

靖二は夜が更けるまでピアノを弾いていた。

この日、涼と靖二は一つだけ約束をした。むやみやたらに『どうせ僕なんて』って言わない。靖二は「口癖だから……」と頑なに拒んでいたが、白けた空に月が消える頃には、弓型に弧を描く口が「努力するよ」と言っていた。

朝起きると、もう涼と悠はいなくて、靖二は涼が作っておいてくれたというシチューとパンを食べた。

人参とジャガイモ、ほんの少しのチキンが入った薄い牛乳のシチュー。

『昨日は豪華だったけれど、いつもはこんな質素な食事なのよ。飲み物もただのお水。おいしくないでしょう、お口に合わなかったらごめんなさい』

とエマは言っていたけれど、靖二には人生で一番幸せな食事だった。

(母さんの部屋に一枚だけあった母さんが描いた親子の人物画。俺の心を占めていたその子供に会いたくて、わざとはぐれたふりをした俺は、奇跡の二日間を手に入れた。

俺は羽柴靖二《はしばせいじ》だ。日本でも有数の財閥の嫡男。いつか羽柴のために生きる様になるかもしれない。誰かのために羽柴を捨てるかもしれない。父の最愛の人が羽柴のために消えた様に、俺にも選択しなきゃいけない日がきっと来るのだろう。

あわよくばその時横に、涼がいたら良いのにと……靖二は願わずにはいられなかった)

第二章　料理の祭典

羽柴家の父子

あの結婚式の後すぐに日本に戻った靖二は、それから十五年、羽柴の嫡男として色々な勉強をした。会いたかった人にもう一度会いに行く勇気の持てないまま、二年前あの裏切りは起きた。そして靖二はそれをはるか遠く離れた日本で知ったのだった。自力で立ち上がった涼たちは、それでも未だ、アマルフィの祭典には参加権はない。

自分に出来るやり方で彼を助けると靖二は決意した。

「お父さん、ちょっといい？　二人で話したい」

リビングでくつろぐ両親に話しかけると、まるで来る事が分かっていたかの様に、靖二の分のコーヒーを差し出した。

「書斎に行くか」

コーヒーを飲み干して立ち上がろうとした靖二たちにお袋が声をかけた。

「こちらでどうぞ。私が絵を描きに行くわ」

「今何を描いているんだ？」

「この前蓮の花の写真をくださった方がいらして、本当は早朝にキャンバスを持って蓮の池に行けたらいいのだけれどまあ仕方がないわよね」

「連れて行ってやろうか？」

「大丈夫よ」

靖二の母親は、決して父親にわがままを言わない。その事を、小さなころから不思議に思っていた靖二は、

「何故なのか」

と聞いたことがあった。

部屋から出ていく母親を見ながら、

「弱ってる心に付け込んだ罪悪感かしら」

と言っていた事を鮮明に思い出していた。

「で、どうした？」

「羽柴家の後継者の権利についてなんだけど」

「ほう」

「僕が継いでも僕の伴侶が継いでも良いって言ったよね」

「俺が納得いく相手ならばな。性別も年齢も問わないぞ」

靖二は心理戦を得意とする。駆け引きの類いだ。特に相手が父親なら負ける確率は限りなく0になる。

「お父さんが認める相手って僕が幸せになれる相手だよね」

「当然」

羽柴幸一《はしばこういち》は理知的でおおらかだが息子への執着は半端なく、唯一の弱点は息子だった。

「それならば僕の希望はただ一つ。かつて一度だけ食べた事のある思い出の味を作る人と添い遂げたい」

「ほう、その相手を、いったいどうやって見つける？」

「イタリアで行われている、世界規模の料理の祭典って、知ってる？」

「勿論知っているさ」

「その祭典の参加資格を二年前に剥奪された人がいるんだ。その人が出てこられる様な、そんな条件で、同規模の料理の祭典を行う事が、お父さんなら出来るだろう」

「その人がお前の想う相手とは限らないだろう」

靖二は冷静に事を進めた。

「それは僕の問題だよ」

「親の力の私物化だと思われるぞ」

「そうだね。だから当面、僕は表には出ない。今回も、僕の事は伏せてほしい」

「で、羽柴家のメリットは？　いくら俺がお前をかわいいと思っていようと、メリット無くして取引は成立しないぞ」

靖二は小さく深呼吸をした。

「その優勝者をくどき落として日本に店を出す。これなら事業としてもメリットあるでしょう。なんせこの大会の初代チャンピオンになる人が出す店なんだから。それが僕の伴侶ならなおさらだ」

「なるほど。しかし、伏せたらお前が食べたい料理は、余計に出てこないかもしれないじゃないか」

「だから、該当者なしなら一番美味しい料理を作った人が優勝で良いじゃない」

「今迄家を継ぐなんて言ったことのないお前が、こんな交換条件を持ってくる位に、その男に惚れている訳か」

父親はからかうように言った。

「うるさいな」

父親は煙草を薫《くゆ》らせながら顎を擦った。

それを見て、手を握りしめハッキリとした口調で言い切った。

「契約成立で良い？　これは賭けさ。本当に欲しいものは手をこまねいていては手に入らない。それに僕ができる復活への手助けなんて、このくらいだから」

「しかし靖二、お前の望む相手が優勝するかは分からないぞ。常に確率は50《フィフティ》：50《フィフティ》だからな」

「それならそれで仕方がないよ。取り敢えずは、『アマルフィの料理の祭典』にぶつける『世界タイトルの大会』を開催して下さい。僕を助けてくれた仲間を今度は僕が助けたい。お父さん、お願いします」

「そう言ってくると思っていたさ」

幸一はポケットから携帯を取り出すとボタンをタップした。

「いいタイミングだな佐伯。ああ時は満ちた。いつでもいいぞ」

液晶の画面には秘書の佐伯の名前があった。

財力や行動力にプラスして、天性の人たらしの羽柴幸一は、世界各国に情報を流した。

【世界一の料理の祭典　羽柴戦開催】
・開催日　十二月第二日曜日
・お題目①　審査員が今まで食べた中で一番美味しかった思い出のシチューと飲み物
（一部審査員の情報は非公開とする）
・お題目②　最高のシチューとそれに合わせた飲み物
・参加条件　プロである事・過去の祭典での資格剥奪等の有無は問わない
・場所　ヴィッラ・ルーフォロ

・優勝賞金　①は35万ユーロ
　　　　　　②は７万ユーロ
・副賞　　　①の優勝者にのみ開示

TRATTORIA ALLORO《トラットリア　アッローロ》

「寒いな」

涼は肩を擦りながら、花壇の花がらを摘み、白い息を吐き出した。

涼には我ながら柄じゃない事をしているという自覚はある。久々の大会に若干緊張していないかと言えば嘘になるし、かといって別に臆している訳じゃない。

外を見上げるとチラチラと雪が舞っている。今の季節は入り口に続く石畳の脇にクリスマスローズが咲いていて、花の好きな悠が特に気に入って育てている。

秋から冬にかけてはジビエがメニューに載り始め、土着の品種を多く仕入れているアッローロのワインリストにも力強いワインが多く揃い、組み合わせの幅も広がって、お客様にも好評だった。

「悠」

涼は悠に声をかけた。

「ん？」

涼が手に持っている花がらに目をやり、くすりと笑った。

「なんだ。花がらなんて摘んで、嵐でも来たらどうするんだ。もうすぐ営業時間だぞ。仕込みは完璧なのか？」

入り口を掃きながら、悠も雪が降り始めた空を見上げて言った。

涼はそんな事は言われるまでもないという顔をして、

「つーかお前いつまであのピアノ置いておくつもりだよ」

と言葉を繋げた。

「気にするなよ。たまに調律代わりに弾いているだろ。必要になるんだ、必ず」

◇

この一風変わったお題の出し方は色んな波紋を呼んだ。

羽柴戦の主催者があの羽柴家だという事までは誰でもたどり着けるものの、世界を飛び回る羽柴幸一が望むシチューにまで思い至った者は居なかった。

ただ、二人を除いては。

その頃、各国の腕利きのシェフたちは自らの最高を構築していた。

Herberg《オーベルジュ》 Siegfried《ジークフリート》

オランダ人シェフVincent《ヴィンセント》はHerberg《オーベルジュ》 Siegfried《ジークフリート》でオーナーシェフをしていた。

大きな花瓶に今日の花を生けながらビアンカがパチンパチンと花を切っている。黄色いシンビジウムは白いエリカと組み合わせるとレストランの白い壁によく栄える。

オーベルジュとして三部屋を賄っているこの店はマダムのセンスの良さが目玉の一つで、ヴィンセント・ファン・ゴッホにちなみ、部屋には絵画が飾られている。

「Vide'o mare quant'è bello♪ Spira tantu sentimento♪」

カンツォーネを口ずさみながら庭を歩いてくるヴィンセントをビアンカが見つける。

「あら、その歌を歌うなんて随分と機嫌がいいのね、ヴィニー。今回の世界大会の出場者締め切られたわよ」

「で？　勿論」

「いたわ」

「Het beste!《最高》」

ヴィンセントをヴィニーと呼ぶのは今回のペアを務めるマダムビアンカだ。

「良かったじゃないの」

「ペアは？」

そう言うヴィンセントからは、熱気のようなものが感じられた。

「勿論」

「悠か」

ビアンカはヴィニーの纏う空気を感じ、コーヒーを淹れようとした手を止め、白湯《さゆ》に替えた。

本気のヴィニーは水か白湯しか飲まなくなる。その方が味覚が鋭敏になるのだそうだ。

結婚する前から変わらない儀式の様なもの。

「ビアンカ、明日から十日間、臨時休業の貼り紙を出しておいてくれ」

温度が更に三度ほど上がった気がする。こういう時のヴィニーはぞくぞくするほどかっこいい。

「分かったけど、どこに行くの？」

分かっていてもつい確認してしまうのは安心したいからだ。

本気になった証拠……ここぞという時に必ずヴィニーがする事といえば、

「アムステルダムに行ってくる」

「ゴッホ美術館ね」

長い髪をハーフアップに纏め、片側に赤いメッシュが入った三枝にも劣らぬイケメン具合。

「何を作るかは決まっているの？」

「これだ」

ヴィニーが投げて寄越した絵葉書はハネムーンでクレラー＝ミュラー美術館に行った時のものだ。

「玉ねぎのシチューね」

「それなら極上のバターをゲットしなきゃいけないわ。アムステルダムのL'amuseでエシレのバターが買えるから。おじさんに出してもらって」

明日からは当分ゴッホのスープだわ。花を生けながらビアンカは独りごちた。

Restaurant《レストラン》 Das Rheing《ラインの黄金》

オランダ人シェフErnst《エルンスト》はアムステルダム国立美術館の近くに小さな店を構える、Restaurant《レストラン》 Das Rheing《ラインの黄金》のコックだった。何年か前にヴィンセントのところから独立して、一国一城の主となってから初めての世界大会の参加だった。

「エルンスト決めたの？」

「勿論決めたよ、ジーニャ」

「何にするの？」

「エンドウ豆を時間をかけて乾燥させたからね。オランダといえばエルテンスープだよ」

「ただのエルテンじゃ勝てないわよ」

ジーニャは言った。

「勿論さ、ソーセージにフレッシュのハーブを入れて、豚肉の塊には日本の食材店で流行っていた塩こうじを擦りつけて試すところだよ」

「ハーブはオーガニックガーデンの一級品を使いましょう。ローリエもオーガニックガーデンのにしたら、私は飲み物はハーブティーを吟味するわ」

「野菜もオーガニックガーデンにあったよな」

「あるわよ。とっても高いけど」

ジーニャは笑いながらスープにかける値段じゃないわねと言った。

「あっそうそう各国一人なの？　代表」

「代表？　すごい事言うね」

エルンストはジーニャの無知に笑うしかなかった。

「一人なら俺は出られないよ……ムッシュヴィンセントがいるからね」

師匠と同じ舞台に立てる。胸が熱くなった。

「彼は別格さ」

Restaurant Manon《レストランマノン》

アメリカ人シェフRoy《ロイ》は元々、ストーン・ストリート1の新進気鋭の若きバリスタだった。味覚の良さと器用さを買われ、Restaurant Manon《レストランマノン》でコックをやらないかと誘われたのは、つい一年前の事だ。

「キャハハハハハ」

子供たちの笑い声が響く。

ロウアーマンハッタンにあるストーン・ストリートは、夏になるとテラス席が沢山出され、路上はとても賑やかになり仕事帰りのビジネスマンがちょっと一杯飲みに来る。

ロイは店が休日になるとよくここでバーガーを食べて気分をリフレッシュしているのだ。

今は冬だからもちろんテラスは鳴りを潜めているが、夏は暖かく快適で、テラスで飲むクラフトビールは最高に美味しい。

通り全体が一つのテラス席の様なイメージだ。

今日はKeith《キース》とマンハッタンのブロードウェイにミュージカルを観に来ていて、大会前のモチベーションアップに一役買っている。

大好きなA CHORUS L《コーラスライン》は、ロイとキースの原点だ。

メインキャストと名もないコーラスとを隔てるために引かれた一本の白い線……それはロイたちが

料理の世界に飛び込んだ時にシェフとの間に明確に引かれていたあの線と同じだ。自分たちでいくら店を構えてもロイたちは常に挑戦者だ。

守るものなんか何もない。

「キース、飲み物決めたのかい？」

「今選んでいる」

「観劇しながら飲む物じゃなくて……」

「あー……お前次第なんだけど　ロイ」

「こっちはジューイッシュ・ビーフシチューだよ。あんずのいいのが入ったし、じっくりオーブンで低温乾燥したから甘味も凝縮している」

「デーツももしかしたら食べた事がないかもしれないだろ」

「まさか安い肉で作るのか？」

キースはジューイッシュには反対らしく、いまいち良い反応をもらえない。

「まさかー、安い肉なんか使う訳がないだろう。生でも食えるくらいの極上の牛肉を、しかもそれをとことん煮込んで作るさ」

それなら色味に緑を飾ろうという事になった。

もとはユダヤ教の食べ物で戒律による食の規制があるために使えない食材も多いが、今回は本格的なジューイッシュと言うよりも、それをベースにまずは羽柴幸一をうならせる事を目的にするという事にした。

「ジューイッシュは本来アルコールと合わせるようには出来ていない。だがワインは最高のビンテージで攻めるから、せめてパンチで負けないものにしてくれよ！」

「任せとけ」

RESTAURANT《リストランテ》 Die Walküre《ワルキューレ》

世界で片手に数えられるほどの腕前を持つ、Alan《アラン》 Lopez《ロペス》はRESTAURANT《リストランテ》 Die Walküre《ワルキューレ》のオーナーシェフであり、アマルフィに店を構えるトラットリア・アッローロの三枝涼とは旧知の中でもある。当時はフランスの種馬という節操のない呼び名もつけられていたが、今はたまに浮気こそすれ、基本的にはお店の名物カメリエーレである、ラファエルにぞっこんの36歳であった。

ラファエルは地下のワイン蔵で一仕事をし、休憩をかねてコーヒーを飲みにキッチンに行くと、何やら大きな塊が置いてあることに気が付いた。

机に置いてあったのはブーゲンビリアの花束とブライトリングの小箱だった。

見た目の派手さとは裏腹に、ほとんど香りのしないその花束を、ちらりと横目で見やると、ラファエルは小箱の銀色のリボンを外し、ごみ箱に捨てた。

中から出てきた大きな腕時計を自身の華奢な腕にはめると、その時計にキスをした。

「しょーがない奴だな」

ラファエルは、キッチンの隅で何やらしながら、大人しくなっているアランの背中に抱きついて、首筋にキスをした。

「この真冬の時期にブーゲンビリアとか……地球の反対側から空輸かよ。バーカ」

耳元で優しく囁くと、

「なんだってするさ。お前に許してもらえるならな」

アランは鍋の中身をへらで混ぜるのをやめ、コンロの火を切った。

「ふーん、ブーゲンビリアの花言葉って何か知ってる？」

「知っている……」

「次は無いから、覚えておいてよね」

優しい甘いマスクとは裏腹に、いつも冷気を帯びたちょっと冷たい話し方をする天の邪鬼な恋人は……存外優しく微笑んだ。

ブーゲンビリアの花言葉は『あなたしか見えない』だ。

「てか、アラン、火……消すなよ。凄くいい匂いがする。出来上がりが楽しみな匂い……世界大会の試作か？」

「ああ。うちの店の名物オックステールのシチューにするんだが、赤ワインが二本欲しいんだよ。今地下に君を呼びに行こうと思っていたところだよ」

「ＯＫ！　それなら俺たちの生まれ故郷ボルドーでいこう」

「なんだ、ラフにはもう合わせるワインが決まっているのか」

「これだけ本気でやられればワインを入れた後の香りまで想像出来るってもんだろ」

ラファエルは上機嫌でセラーに向かった。俺はラフが手に持ってきたものを見て思わず声を上げた。

「Très bien《素晴らしい》。いいのか？　それは君がとっておきの時に開けようって取っておいたシャトー・ラフィット・ロートシルトじゃないか」

「今がとっておきだろ。本番は俺たちの口に入るか分からないし、これは出来上がったら二人で食べよう」

提供する時のビンテージも一級格付けに相応しいものにするし、羽柴幸一なら当然飲んだ事もあるに違いない。

「オーク樽で一年半眠ったワインは瓶詰めされてからも静かに育っていくし、コルク栓を通してゆっくり呼吸をしながら、まろやかなタンニンとバランスのとれた酸味に仕上がっていくんだ」

「品種なんだっけ」

「まじか、アラン！　頼むぜ。カベルネソーヴィニヨンだよ。シチューのコクにも負けないワインの王様さ。羽柴幸一の顔を雑誌で見た事があるが、まさにぴったりのワインだよ」

俺たちの門出の前祝いにと、少しばかり若いラフィット・ロートシルトを開け、二人分のワイングラスにゆっくり注ぐと、香りたつ色気に喉が鳴る。

「そういえばアラン、あなたはどう思う？」

アランは別のラフィットを二本開けると、オックステールの入っている鍋にドボドボと注いだ。

「何がだ？」

「奴さ、何を作ると思う？」

鍋肌をこそげとる様に旨味を取りながら、アランはラフを見た。

「さあな、だが涼の事だ。勝ちにくると思うぞ」

「だね。あの時のお返しだもんね」

「ああ。それに金で屈服させられるのは同じ料理人として我慢がならない。あいつの優勝を望む料理人はきっと星の数程いるさ。だからと言って負けんがな」

Restaurant《レストラン》 Nibelungen《ニーベルング》

ベネズエラ人シェフOswaldo《オズワルド》はRestaurant《レストラン》 Nibelungen《ニーベルング》という小さな店を構えていた。

必死に貯めたお金でエンダーとフランス旅行をした際に、偶然見つけた白亜の綺麗な建物は、世界でも名高いアランシェフの店だった。

高級仏蘭西料理店の店構えに、自分らは場違いじゃないのかと日和るオズワルドに、

「折角のチャンスじゃないですか」

と、予約もしていないのにどんどん店に入っていってしまった。そんなエンダーを追うように、オズワルドは小さく肩を丸めて中に入った。

「予約していないんですが」

そうエンダーが言うと、中から出てきた人が、

「小さなテーブルしか空いてませんが、構いませんか」

と入り口近くの末席に案内してくれた。エンダーが嬉しそうにその席に座ったのは、もう何年も前になる。

その時に感動した牛の煮込み料理が忘れられなくて、自国に帰って店をオープンする時、そんなワルキューレを超えるくらい感動する料理が作りたいと、店名を『ニーベルング』にしようとエンダーが言った。

オズワルドは良くも悪くも気が小さい男だったから、『ワルキューレ』に『ジークフリート』と当時から名をはせていた、両翼のまとめ役のような名前を付ける勇気はなく、エンダーの言うことに断固反対したことは頭の悪いオズワルドでも、記憶に新しい。

許可もとっていないのにとぐずぐず言うと、そんなオズワルドを引っ張ってエンダーが再度フランスに行ったのが四年前。

今度はきちんと予約をして通された席で、

「『ニーベルング』と付けたいのですが良いでしょうか」と、エンダーが言い切った。

嫌そうな顔をした、あの時の綺麗な銀髪のカメリエーレに、

「そんなことで落とされる様な、やわな翼じゃないでしょう。良いんじゃないんですか」

と横から口を利いてくれたのが、噂でしか知らなかった『アッローロ』のこれまた名物カメリエーレだった。芸術オタクがきっかけで、この後エンダーと悠は密に連絡を取るくらいの仲になっていた。

彼の仲介無くして、おそらく今はなかっただろう。

「本当に出るのか？　Ender《エンダー》」

「当然でしょう」

「アマルフィまでの費用はどうするんだよ」

オズワルドは、ただおろおろとするばかりだった。

「費用は主催者持ちです。必要ならば申請をとの事だったので申請させていただきました。理由も勿論記載しましたよ」

「仮にそれが通って出場枠をゲット出来るとしてお前、あんなメンツの中で戦える自信あるのかよ」

オズワルドにはエンダーが何を考えているのか全然分からない！

「カルネメチャーダで行きましょう。戦えるかどうかじゃないんです。僕たちの英雄に会いたいじゃないですか」

「……え？　まさか出んのか？　三枝シェフが！　会った事ねーな。スゲーんだろうなー」

「ええ凄いですよ。今回ばかりはサティスルー家も邪魔は出来ないはずでし。なんせバックはあの羽柴幸一ですから」

俺たちはいつも自分の限界に挑戦している。パーフェクトなんか存在しない世界で常に生身の人間相手に真剣勝負をしているんだ。

「今回の参加条件見ましたか？　復帰第一戦ですよ。僕たちが応援しないで誰がするんですか」

「で、どうせ行くなら力試しって訳かよ」

頭をポリポリ掻きながらぼそりと言った。

「俺に何を作れって？」

「牛肉の煮込みです。シチューの概念に外れてはいないでしょう？　飲み物はカルネメチャーダで使うマディラワインで決まりですから」

「でも羽柴幸一がカルネメチャーダを食べてるとは思えなくねーか？」

「今回は三強ですよ。それなら、羽柴幸一氏にはベネズエラの美味しいシチューを食べてもらいましょうよ」

「三強？　まさか俺たち？」

「そんな訳ないでしょ！　三強、三枝涼、アラン・ロペス、ヴィンセント・フォン・フリートの三人ですよ」

「分かったよ。そういう事なら前座の花火くらいあげられる様に準備するか」

開幕二日前

決戦二日前には予選を勝ち上がった二十人のシェフとカメリエーレやマダム、ソムリエたちが本登録を済ませた。

予選は人数上限こそなかったので、腕試しと称した若手シェフたちもこぞって参加をしたからそれは大所帯になり、ごたごたした雰囲気の中それでも皆イキイキしていた。

しかも今回は交通費以外に宿泊先まで用意し、店を休むと生活が困窮する者へは、わずかだが売上げ補てんをすると羽柴幸一が世界的にニュースで流したからか、普段はなかなか参加が出来ない者たちも力比べのつもりで予選に出てきていたのだ。

しかも予選で落ちた者へも、本選終了までの宿泊先は無料としたため、落ちてもすぐに帰る者はほとんどいなかった。

それくらい三枝シェフの参加は、志を同じくする者にとって注目の的であった。

しかし現実には、宿泊先でのレストランで他のシェフと顔を合わせる事も、実際のところ多くはなかった。特に若手同士に至っては、まだまだ顔が売れていないから、レストランで食事に来ていてもお互いにあまりピンとこない。

「エンダー、今日も最上階のメインダイニングに行くのか？」

「勿論ですよ。だってご飯代、羽柴持ちですよ？　決まったコースではありますが、毎日違うものを作ってくれるし、僕たちにはいい勉強ですから。明後日は本選ですし、もしかしたら今日こそは会えるかもしれないじゃないですか！」

「三枝シェフか」

「では会えればラッキーくらいのつもりで行くか」

とオズワルドもベッドから起き上がりスーツに袖を通した。

ホテルのメインダイニングともなれば、スーツは当たり前だ。仮にスーツじゃなくてもジャケットは必須だし、折角だからと髪の毛もセットした。

エレベーターを降りてメインダイニングに行くと心なしか店内が緊張している様に見える。

「予約をしていたニーベルングの者ですが……」

エンダーは慣れた口調で入り口で名前を告げる。そつなく席に通されて、オズワルドたちは辺りを見回した。

「早めの時間にしてはお客の入りが良いですね」

「奥の席が丸々空いているぞ。お偉いさんでも来るのかな」

店内はクリスマスメドレーが鳴り響き、綺麗な透き通る様な音に耳を傾けた。

このメインダイニングは月替わりでピアノやバイオリンの生演奏が入る。芸術家が愛するアマルフィらしい五つ星ホテルだ。

まあそのホテルをそれなりの人数分予約出来てしまう羽柴の財力は言わずもがなのだが、恩恵にあずかっているこちらとしては感謝せずにはいられない。今日はフロアの真ん中にはピアノではなく別の楽器が置かれていた。

「あの楽器なんて言うんだ？」

「オズワルドは本当に料理の事しか興味ないんですね。バカなんですか？　少しは芸術も理解してください」

「頭の容量オーバーだ。で何あれ」

「ハープですよ。かつてこのアマルフィでチケット入手がすごく困難だったハープ奏者がいたんですよ。多分あれは彼女のものです」

「なんでわかる」

「ペダルの横の太いところにＪの刻印が入っているでしょう。あれは彼女の刻印だからですよ」

「詳しいな」

両腕を広げ、呆れるようなしぐさをしてみせた。

「芸術オタクなんで」

「ならその彼女が弾くのか？」

「かつて、と言ったでしょう。彼女はとうに亡くなっていますよ。アマルフィに来るのに下調べくらいしないいんですか？」

「そういうのはお前に任すわ。芸術音痴なの知ってるだろ」

エンダーは呆れ、オズワルドから視線をそらした。

エンダーの視線の先には一人の男が立っていた。

「Buona sera《こんばんは》」

尾てい骨に響くような低く甘い、よく通る朗々とした声が響き渡る。

その声に誘われる様に入り口を見る店内の女性たちは一斉にざわついた。

イケメンだとかカッコいいだとか、スタイルがいいとか、モデルか俳優かとざわめきは最高潮だ。

「来た」

「なにあれ！　すっげ！　イケメン！　あの俳優、誰だ？　ハリウッド俳優か？」

オズワルドが何かを言っている。

「何をほざいているんですか？」

エンダーが呆れていると、入り口のイケメンは三人と増えていった。

「なんだエンダー知り合いか？」

「そうですけど、仮に知り合いでなくても知っていても不思議じゃないんですけどね……それジョークですか？」

「いや、まじだけど？」

と答えた。

エンダーが首を垂れ、なんと答えていいか考えていると、目の前の床に足があった。

足音は響いてはいなかった。

木のフロアは気を付けていても、それなりの音はなるものだ。

ホテルマンみたいに音が鳴らない様に靴に仕込みをしてるならいざしらず、一般の客で、こんな高級な革靴……わざわざそんな仕込みをする訳がない。

「まさか」

恐る恐る顔を上げると、

「久しぶりだね。エンダー」

綺麗な、まさに清涼というイメージがぴったりな声がエンダーに話しかけた。

そこにいたのはやっぱり……。

「やっぱりあなたでしたか。足音もしないですし、どうせ忍者かあなただと思っていましたよ。悠さん」

「なんだ悠、知り合いか？　って……エンダーじゃないか」

「ずいぶん色っぽい唇で、どんな極上の女かと思えば。元気だったか？　しかし相変わらず口わりーな」

エンダーの特徴の一つはこの唇だ。口紅を塗っているかの様な真っ赤なぽってりした唇は、誰が見ても色っぽい。

目元の泣きボクロと色白の肌が合わさって、少年の危うい色気を醸し出す。

「僕が女に見えるようでは、眼科に行った方がいいですよ」

傾倒する偉大なるシェフに、こんな口を聞くのもどうかとは思うが、何故かいつもこの人にはこの調子だった。

「口の悪さも健在だな」

三枝はエンダーの頭を撫でる。

その行為に恥ずかしそうに頭を振り、頬を赤らめながら三枝を睨みつけた。

「子供じゃないんですから。頭とか撫でないでください」

それでも実際に振りほどくことは無かった。

「おい！　エンダー、エンダーってば！」

オズワルドとしては置いてきぼり感が半端ない。なんとなく推測するにもしやこれは、とオズワルドは「三枝シェフ？」ですかときいてみた。

「ん？　そうだが、君はエンダーのパートナーかい？」

やはりビンゴだ！

「はい！」

オズワルドは右手を差し出した。とたんエンダーにその手を叩かれる……。

「いてーだろ」

「痛くない！　突然握手とか恐れ多いよ。ばかじゃないのか？」

エンダーが言うと三枝は叩かれたオズワルドの手を取り、

「構わんよ」

と握手してくれた。神様が握手してくれたくらいの奇跡感だ。

「洗うのやめようかな」

「馬鹿な事言ってないで洗えよ！　キタネーナ」

エンダーは中央に置いてある、大きな楽器を見て言った。

「悠さん、あれ」

「ああ、母さんのだ」

「やっぱり。懐かしいよ。よくCDで聞いてたなぁ」

「立ち話もなんだし、奥に来いよ」

三枝シェフが奥の半個室を指す。エンダーは恐れ多くて首を振ると、オズワルドがすかさず、

「良いんですか？」と畳みかけた。

「面の皮厚すぎなんだよ。僕の心臓を止める気か！」

悠はクスクス笑って、

「まあまあ良いじゃないかエンダー。俺だってお前と話したい事が沢山あるんだ」

悠に促されて、エンダーたちは禁断の園へ足を踏み入れた。


「じゃあ改めましてだね。いつからここに？」

「予選の三日前からかな」

エンダーは落ち着いてきた心臓のあたりを擦りながらじっと三枝たちを見る。

「本選に進んだのは知っていたよ。いつか会えると思っていたさ」

悠が優しい声色で答えると、エンダーは目頭を押さえて小刻みに震えている。見ていてくれた。胸がじんわりと熱くなる。

「お飲み物はいかがなさいますか？」

邪魔をしない様に、静かにカメリエーレが聞くと、

「乾杯といきたいが、残念ながら本番までは酒は断っているのでな、サンペレグリノを人数分くれるかい？」

祝杯をあげる時は、意識が飛ぶまで飲む三枝でさえ本番モードは一滴も飲まない。

「お連れ様がいらっしゃいました」

案内されて入ってきた顔を見て、流石に自分たちは場違いなんじゃないかと、オズワルドは二歩程あとずさった。

「おやおやエンダー坊やじゃないか」

「僕が坊やなら、ラファエルはもっと坊やですよ。向こうの方が一つ下じゃないですか」

「見た目と中身の問題だろ。落ち着きとかね。君は相変わらず少年くささが抜けてないな」

腹に響くようないい声が半個室に響いた。

エンダーが普通に喋っているのは三強の一人……。

リストランテ・ワルキューレのグランドシェフ、アランだ。

隣で静かに口元を歪ませながら立っている色男は、ラファエルといってワルキューレの名物カメリエーレ。

そしてアランの恋人兼ビジネス上のパートナー。

通称、氷の天使《アンジュ》。

ラファエルは青のメッシュが入った長い銀髪を、いつもゆったりと一本の三つ編みにしている。

華奢な手首にはめられているブライトリングのクロノマットはベルトが特殊で、高い装着感がお気に入りの時計で、浮気の代償についこの間アランが買ってきたものだ。

「久しぶりだね。ラフ」

悠とラファエルが揃うと絶世の美女もたじたじだ。

腕時計を着けた手をヒラヒラ振るラファエルに悠が食いついた。アランを見ると容赦のない一言が飛ぶ。

「貴方よく捨てられなかったね。一回くらい捨てられたらいいのにね」

悠は馬鹿にする様な呆れた声でアランを見ていった。

ラファエルが口を挟んだ。

「まさか！　勿論捨ててやる気でしたよ。でも、一八五センチもある、いい年のおっさんがみっともなくビービー泣くんですよ。俺も目の前でこの顔に泣かれるとちょっと弱いもんで、ただ……流石に浮気も二桁となるとね」

皆は耳を疑って止まっている。『二桁って言ったか？』

息をするのも慎重になり、誰かが何かを言うのを押し付け合っているかの様だ。

勿論最初に突っ込んだのはエンダーだ。

「バカですか？　いや正真正銘のバカですよね！　こんな極上の恋人がいて、浮気します？　豚に真珠ですね」

「なに、おめーまたやらかしたの？　好きだねー」

涼にすら呆れられながらアランはポリポリと頬を掻いた。

「出来心だったんだよ。本気じゃない」

「お前、それ最低発言だぞ？　悠とラファエルのあの顔見てみろよ」

「いや、怖いからやめておくよ」

アランはバツが悪いらしく三枝に隠れる様にして小さくなっている。

どうやらこの美人さんは、ムッシュアランの恋人らしい。顔は見ていて知っていたけれど、それだって今日ここにくるまでエンダーが本選通過者をパンフレットで見せていてくれたおかげだ。そうでなければ、記憶力というものに縁のないオズワルドでは、カメリエーレの顔をなんとなくでも記憶出来ている訳がない。

「俺って物知らなすぎなのかな？」

オズワルドは独り言の様に話すと、

「今更ですよ。やっと気がついたんですか？　でも良かったですね、これ以上恥をさらさずに済んで」

エンダーが追い打ちをかけた。

「まあまあ……そんな言い方しなさんなって」

「いや間違ってないですから」

オズワルドは苦笑した。

店内に流れていたオルゴールのクリスマスソングは一周してワンダフル・クリスマスタイムに戻っていた。何か違うのが聴きたいと思っていた頃、タイミングを見計らったかの様にラファエルはバイオリンを出してきた。ホール中央にクイッと顎を動かし悠にやらないか？　と誘う。

ラファエルとの競演なら断る訳がない。悠はラファエルのバイオリンの才能を高く評価していたし、目の前の朱璃《じゅり》の形見を弾きたくない訳がない。

「喜んで」

今日食事に来ていたお客はまさにラッキーの一言に尽きると思った。

美しい男が二人中央に歩み寄ろうと席を立つ。目ざとく見つけた一人の紳士が、

「ミラクル」

と囁くと、その声を拾い水面が揺れるかの様に声が広がっていった。

「ウォォォォォォォォ」

「ファンタスティック」

「アンジェロ」

「クールガイ」

黄色い歓声まで飛び、レストランというよりライブハウスの様だ。

悠とラファエルが中央に歩きだす。

ラファエルのバイオリンに、悠のハープの織り成す音楽への期待が高まっていく。

「なあエンダー、あれ二人とも、まさか弾くつもりなのか？」

「当然でしょうね」

オズワルドは目を白黒させながら、中央に歩いて行く二人をじっと見つめていた。

「ほほぉ、涼の食事の誘いに乗って、わざわざ上まで上がってきた甲斐があったというものだ」

愛妻家で通っているヴィンセントはビアンカの耳元で囁いた。

「今日は最高の一日になったよ、ビアンカ」

「まさか本戦二日前に女神たちの競演を生で聴けるなんて、ファンタスティック以外の何物でもないですわ。ヴィニー」

エンダーはすかさず三枝の横を空けた。当たり前の様に彼らはそこに座り、サンペレグリノを飲んだ。

「バイオリンとハープで競演とか出来るのか？」

「オズワルド、君ちょっと黙っててくれないか」

ビアンカは二人の掛け合いを見ながら、シュンとなっているオズワルドに助け船を出した。

「スィニョールオズワルド。そんなにしょげないで。あのね、バイオリンとハープはどちらも弦楽器なの。ハープは音域が広くてピアノやチェンバロの様に伴奏的な役割を果たす事も可能なのよ。その一方で独特の音色と倍音成分でアンサンブルのハーモニーの美しさを実現する事も出来るの」

「よく解らないけどつまり競演は出来るんですね」

「そうよ」

あまり解っていないオズワルドをあやす様に話す。母性愛の塊の様なこの人はヴィンセントの奥方だ。

　ホール中央に立った二人の男は、右手を胸の前に掲げ、客席に綺麗なお辞儀をした。

　目の前にいるのがあの雨宮朱璃の忘れ形見だと知る人物は、店内でもほんの一握りで、それどころか今の若者は、あの稀代のハープ奏者、雨宮朱璃を知らない者も多い。

　それでも今日たまたまこのメインダイニングに食事に来ていた、六十くらいの初老の紳士や淑女たちには、奇跡の様な出会いだった。

　中には朱璃のラストステージを野外音楽堂で聴いた者もいた。感極まったその紳士の目からは涙が流れていた。

「Signore《スィニョーレ》、思い出の曲ありますか？　リクエストお受けいたしますよ」

　悠が母親の声色を真似て話しかけると、

「いいのかね？」

　その紳士の目は大きく見開かれた。

「勿論。ただ私に弾けるものでしたらいいのですが……」

　悠ははにかむ様に笑った。

「あら私だってお願いしたいわ」

「それなら自分だって。何曲、君たちは弾いてくれるのだ？」

　悠たちは顔を見合わせ、亡き人物に思いを馳せた。

――母さん、貴女の事を覚えている人はこんなにもいますよ。

――マダムジュリエッタ、僕は悠と一緒に競演します。貴女のハープへの思いは悠がしっかり受け継いでいますから。

「レストランの閉店まで……あと二時間ですね。出来る限り弾きたいと思っています」

「では最初の一曲は私からで良いかい？」

先程の紳士が願い出た。

リクエストは、

【シシリエンヌ】

雨宮朱璃がラストステージの野外音楽堂でアンコールに弾いた曲。

歌劇【タイス】から瞑想曲、
フォーレの子守唄、
グリーンスリーブス、
と名曲が次々に挙がり、

「喜んで」

二人は綺麗な音楽を奏でた。

まるで音楽が生き物みたいに空を飛び回り、オーロラのカーテンが降りてくるのを見る様な、荘厳な美しさがそこにはあった。

演奏もラスト一曲となる。

シーンと静まり返ったフロアには、ヴィンセントの足音だけが鳴り響く。

「最後のリクエストは……僕がしてもいいかい？　女神との思い出の曲を、僕は一緒に歌いたい」

カンツォーネを得意とするヴィンセント。

仲間思いで優しい男。

彼の口から出た歌曲は……、三大プリマドンナの一人、ミルバの代表曲。

悠が幼い頃、母がよく口ずさんでいた。

「愛遥かに　DA　TROPPO　TEMPO」だった。

羽柴戦・運命の瞬間

幸せの思い出の夜から既に二日が過ぎた。

チュンチュンと囀る鳥たちは空を自由に飛び回り、出場者たちは渾身の一皿を提供するために、爪の先まで神経を張り巡らせた。

ゾクゾクする高揚感に身を置く彼らは、何の音楽もないこの会場で、パートナーとの会話に耳を傾ける。

番号順に料理を持っていく。

人間の胃袋なんか限りがあるし、いくら全部食べないとはいえ、番号すら運を握っていると思わずにはいられない。

どのシェフたちも最高の仕事をし、渾身の一皿に神経を注いだ。


運命の瞬間だ。


香り、見た目、誰が見てもアランの皿が頭一つ抜けていた。

作った本人たちは実力の序列が分かるのだろう。ヴィンセントも唇を噛み悔しそうにしている。最高と最高の戦いはほんの小さな歪みが雌雄を決する。

羽柴幸一の総評はかなりヴィンセントに有利にも見受けられたが、ペアの能力差がどうしても否めない。

ラファエルは超一流なんだろう。そしてアランの料理をアラン以上に高めるのはやはり、この男しかいない。ワインやグラスの選び方、温度、抜栓のタイミング、空気に触れさせる為のデキャンタージュ。ワインを知り尽くし愛しているものの所作だ。

ただ、誰もが解せなかったのは、三枝の料理だ。

蓋を開けてみれば二強の戦い。誰もがそう思った。そうアランたちでさえ……しかし本来三強の三つ巴だ、なにか仕掛けでもあるのか。

あの羽柴幸一をもってしても理解の範疇を超えた。

「全員の試食が終わりました」

ざわめき立つ会場で三強は静かに時を待った。

「まず最初に今回のルールについて再度確認いたします」

羽柴家の秘書である佐伯が話し始めた。

「まず、題目は二つありました。つまり審査の対象が違ったのです」

会場はどよめき立つ。

「お静かに願います」

メガネの端をクイッと指の腹で上げる。まるで小さな頃読んだ、アルプスの少女ハイジに出てくる、ロッテンマイヤー夫人の様だ。

ピリピリした空気が会場を包み込む。リストランテ・アッローロの二人を除き……。

「お題目の一つ目、それは『審査員が今まで食べた中で一番美味しかった思い出のシチューと飲み物』、これは審査する一人の人間の一存です。ですので情報は非公開とさせていただきました。つまりあなた方が作ったうちの一皿が別室に運ばれたのです。

その審査員にとっての唯一無二の人物が彼を覚えているか。これは賭けでした」

何を言われているのか解らないと、ざわめきで会場は溢れていた。

「彼を覚えているか？」

「誰が誰を？」

「いつ……？」みんなの疑問には答えずルールは読み上げられていく。

「そして、お題目二つ目、『最高のシチューとそれに合わせた飲み物』。これは今皆様の前にいる審査員たちがそれぞれ十点の持ち点から点数をつけ、合計得点で競うものです。情報非公開の者も勿論題目の二つ目としての持ち点もお持ちです。参加条件はプロである事・過去の祭典での資格剥奪等の有無は問わない。以上です。ではまず先に題目の二つ目から優勝者の発表をさせていただきます」

「待てよ！」と言う面々を無視して、発表を続けようとする佐伯に、幸一がストップをかけた。

「佐伯、発表より前に、質問や意見を聞く時間を設けてはどうかな？　納得していない顔がその辺にゴロゴロしているよ」

羽柴幸一の鶴の一声で質問が可能になった。

「質問を受けるとは、誰がですか」

口火をきったのはラファエルだ。

「誰から誰でも構わんぞ！」

なら、とラファエルは口を開いた。

「なあ涼、お前が作ったあの出来損ないのシチューはなんだ？」

三枝は不可解な顔をして、冷静に返答した。

「出来損ないとは随分な言いぐさだな。最高のものを作ったつもりだぞ」

と三枝は笑った。

しかしラファエルは黙っていない。ガラスの様に冷たい目が青白く光る。

「最高？　薄めた牛乳に、肉とは言えない様なチキンの切れ端、人参と少しの芋しか入ってない、フォンもとってない、玉ねぎの甘味すら引き出していないシチュー。俺たちをバカにしてるのか？」

口調はどんどんきつくなっていく。

「ばかに？　まさか」

三枝は手を大きく広げ、大仰に答えた。

「涼、てめぇ、真面目に答えろよ。アランがどれだけ本気だったと思う！　ここにいる仲間がどれだけお前を待っていたと思ってんだ！　悠も悠だ！　水ってなんだよ。あんなシチューだから水にしたのか？　しかもそれ、さっきそこで入れた水道水じゃねーか！　この辺りは硬水だ。日本の軟水とは違うんだぞ。カルシウムも多く入っているし飲み口だって重い。料理に合うわけねぇだろ！　お前ならそんな事わかんだろ！　涼を止める事だって出来ただろう。何とか言えよ！」

ヒートアップするラファエルを見るにみかねてビアンカが声をかける。

「ちょっと待って。ラファエル。私たち、分かっていないのではなくて？」

「ビアンカ？　何をだ？　流石に俺もショックだぞ」

「ヴィニー。多分根本が違うのよ」

「根本？」

分からないと首を振り、ラファエルは悔しそうに目に涙を浮かべた。

「見返してやるはずだったんだ！　アマルフィの評議委員会のやつらを……三枝涼ってやつはすげえんだって、そりゃ俺だって涼に負ける気はねえけどよ、こんなん戦ってもいねえじゃねーか！」

「ラフ、それは違うよ。俺たちは戦った。俺たちの記憶とね」

悠は笑った。

「悠、何を言ってんだよ。記憶と戦う？　意味が分からない……」

「ビアンカは気がついたんじゃないのかい？」

悠の天使の微笑みに、ビアンカは全てを理解し、得心した。

「今回は二つのお題は遠く離れてはいないと……私も含め、多分皆さん思っていたのよ。なんとなくそう思ってしまっていたっていうのかしら。でも実は全く違ったの」

「分かってきた気がする」

エンダーがオズワルドから飲み物を奪い取り、カラッカラの喉を潤しながら掠れた声で言った。

「そうか、三枝シェフと悠さんは別次元にいたって事ですよね」

エンダーは現時点、唯一理解しているであろうビアンカに同意を求めた。

ビアンカは頷く。

みんなの注目を浴びながら、涼は話し始めた。

「俺たちは題目のままに作った迄さ。悠が水を、しかも水道水を出したのも、賭けをしたからだ。二つ目の題目を捨ててな！」

「ん？　ビアンカどういう意味だ」

ヴィンセントは横に居るビアンカにそっと聞いた。

「つまりね、あの奥の部屋の人物は、この本選に残った二十人の中に、特別な思い入れのある人が、つまり、会いたい人がいたのでしょう。そして、この世界規模の料理の祭典を通じて、出来ればその人を救いたかった。さっきあそこの秘書さんが言っていたじゃない。彼にとっての唯一無二の人が、彼を覚えているか。これは賭けでしたって」

「待ってくれよ。ビアンカ。そんなの会いたかったって言えば済む事……」

ビアンカはヴィンセントの腕にそっと手を置いた。

「それが出来れば苦労はしないわ。ヴィニー。好きだから一緒にいられる。そんな単純な話ではないでしょう」

みんながビアンカに注目している。

「そして覚えていてもらえなかったのなら……お題目の一つ目は該当者なしになったのではないかしら」

「顔をさらさずにか？」

「恐らくね。人生を賭けたのよ。思い出に」

「思い出の味ってやつにか？　ただの記憶に？」

皆はビアンカとヴィンセントのやり取りを黙って聞いている。

「C'est dingue!《ありえない!》」

最初に叫んだのはラファエルだった。

アランはそんなラファエルの肩を抱く。

「そう。豪華な一品だと私たちは思い込んでいたわね。この賭けは奥のお部屋の人の勝ちではないかしら。恐らく……思い出してもらえたのだから」

「優勝者の発表宜しいでしょうか」

佐伯が声をかける。

繰り広げられていた会話は鳴りを潜め、辺りを静寂が支配した。

「二つ目のお題目、優勝者は、
アラン・ロペス、
ラファエル・フォーレ
リストランテ・ワルキューレ」

「トレビアン！」

ラファエルがアランに抱きついた。

「やっぱりアランは凄いよ」

「いやシチューの出来は正直ヴィンセントと五分五分だったと思うぞ」

「そんなことない！」

そう叫ぶラファエルの濡れた頬にアランはキスをする。

皆の祝福の拍手を受けて、高々と掲げられるその手は、喜びで震えたラファエルの手を包み込む、アランの優しさに満ちたものだった。

「おめでとう！」

会場は拍手と祝いの言葉で溢れかえった。涼と悠も嬉しそうに手を叩いた。

羽柴が優勝者に労いの言葉をかける。

「確かにアラン・ロペス氏が言った通り、料理の採点はほぼ互角だった。どっちが勝ってもおかしくはない、そんな戦いだった。ヴィンセント・フォン・フリート氏の玉ねぎのシチューは、優しい甘味と深いこくに包まれ……極上のバターを隠し味にまさにゴッホの絵画を想像させる最高の出来だ。この拮抗した勝敗を分けたのは、ラファエル君。君だよ」

幸一はラファエルを見た。

「僕が……？」

「君のグラスを置く位置。あれは、まさに神の業だったと言っても過言ではない。

リストランテ・ワルキューレがサーブをした順番は早かった。まだ太陽は真上には昇りきらず、うっすらと日の陰る室内。アラン君の料理を際立たせる為には、ワインの温度を少し上げる必要があった。それは見事なまでのデキャンタージュだった。空気に触れさせ、花開かせるテクニックは最上級。ただここまでは超一流のカメリエーレなら出来て当たり前だ。

そう、特筆すべきはそこではないのだよ。料理をサーブする前、水をもう一つのグラスに入れに来た際、少しだけワイングラスを動かし日に当てたね」

ラファエルは黙っていた。

「日に？　ラフ、君……」

アランは大きく見開いた目で、サービスの禁忌を犯すパートナーを見つめた。

温かなグラスを使うなど、自殺行為に等しいと、アランだって勿論知っている。

「いや、あれは……」

幸一は続けた。

「責めている訳ではない。勘違いしないでくれたまえ。ワインを注ぐグラスを、日が当たる位置に動かしグラス自体を温める。普通のカメリエーレなら、怖くて絶対にやらないだろう。何故ならそれは、大きくセオリーから外れる行為だからだ。もしかしたらルール違反になってしまうかもしれない。審査員によってはジャッジを迷うかもしれない。それによって、ワルキューレは失格になってしまうかもしれない。しかし君は、危険を冒してまでそれをした」

「ラフ」

「アラン君、と呼んでもいいかね。君はなぜラファエル君がそんな危険な賭けに出たと思う」

「……それが、俺の料理には必要だったからだ」

アランが世界のトップレベルたる所以は、この冷静な判断力だ。

「そうだ。厳密に言えば、君たちより後にサーブするヴィンセント氏に、ワルキューレが料理をサーブするタイミングで、自力で勝ちに行く為には、あの危険行為は必要なファクターだった。つまりこの勝利をもぎとった小さな差は、アラン・ロペス氏への、ラファエル君の並々ならぬ愛情に他ならない」

ラファエルは顔を伏せ、ごめんなさいといった。

禁忌を犯すラファエルの気持ちを黙って受け止め、抱きかかえるアランは、おでこにキスをした。

「何を謝ることがある。お前は何も悪くない」


幸一からトロフィーと、目録が渡された。


そして注目のお題目一つ目。

「お題目一つ目の優勝は……」

佐伯が言い始めると、それを遮る様にスッと前に出る男の姿があった。

悠だった。

「十五年前、俺はひとりぼっちの迷子の子猫を拾ったんだ。甘やかしたのもケンカしたのもあいつ。その子猫は涼に敵意をむき出しにする仕草を見せながら、その実とても懐いていたんだよ。たった二日間だけだったけれど、さみしがり屋の子猫は本当に楽しそうだった」

「おい、バカ猫」

涼がそう口にした。

「誰も誰かを馬鹿にしてはいけないなら、勿論それは自分も入るのだと、あの時リコが言ったセリフ……少しは解ったのか？　同じ事言ってんとまたリコに怒られんぞ。なあ、猫……具の大して入ってない薄い牛乳のシチューと、ただの水道水が、あの頃の俺たちにはご馳走だったな」

涼は黒のコックコートのズボンに手を突っ込み、柱にもたれかかってニヤリとした口元を歪ませたまま、

「久々のシチューはうまかったか？」

と聞いた。

部屋の奥から聞こえてきた小さな声は、まるで春の訪れを感じる様な天使の声だった。

「すごくおいしかったよ……」

「優勝者は、

三枝涼

雨宮悠

トラットリア・アッローロ」

会場は割れんばかりの拍手で埋め尽くされた。

再会

「まもなくアポイントのお時間です。ご用意が出来ましたらご案内いたします」

バスルームから出ると悠がまだ部屋着のままだ。

「悠？」

「あー涼か」

「涼かじゃねーだろ！　お前もさっさと着替えろよ」

「俺はいいよ。お前だけ行ってこい」

……悠は窓ガラスに近寄り、ワインを片手に外を見ながら黙ってしまった。

「どうしたんだよ」

ゆっくり振り向くと、

「ん……いつか話すから。もう少しだけ待ってくれないか」

「……悠……」

「ごめん」

「わーったよ。俺はお前と初めて会った時に決めたんだ。お前が何者でもかんけーねーって」

「お化けでも？」

くすくす笑う悠の腹に冗談のグーパンをお見舞いしてやった。

「お前の歓迎会の時覚えてんか？　レモングラスのハーブティを淹れてくれた事あったろ。初めて飲んだそれは、俺が作ったレモンとクルミのパスタにすごく合って、人の作ったもんに初めて、心底感動したんだ。あの時テーブルにお前が飾っていた花、何か覚えてるか？　緑の奴」

「ライムグリーンって色だよ。覚えているに決まっている」

「花言葉、調べたんだ！」

悠は耳を疑った。

「お前が？」

「お前と会うまで俺は自分の力だけしか信じていなかった。『運命を切り開く』お前がともに切り開く大切さを教えてくれたんだ。悠」

(俺こそ、涼、お前に助けられている)

「俺はお前の仲間だ。話したくなるまで待っているさ」

「ありがとう……」

三枝は一人で羽柴幸一に会いに行くことにした。

羽柴幸一はこのホテルの最上階のペントハウスに滞在しているようで、「明日11時、佐伯を迎えに行かせる」とフロントを通して昨夜連絡があった。

アッローロの二人が泊まっている部屋のドアが開く。

出てきた三枝を見て佐伯は「お一人ですか」と聞く。三枝の低い声が、「ああ」と短く切られた。

そのまま直通エレベーターまで案内されると三枝は黙って乗り込んだ。

ここから先は三枝様だけでどうぞと、カードキーを渡され、黒光りするその四角い物体を、まじまじと見た。意を決した様に、ポケットに左手を突っ込み、右手はカードキーを差し込んだ。

ガチャリと重い音がする。自分たちの部屋と変わらないはずの鍵の音に、とてつもなく重いものを感じるのは、やはり緊張しているからなのかと、柄にもなくそんな事を考えていた。だだっ広い部屋をまっすぐ進むと、ソファにドカリと座っている幸一がいた。

「何、羽柴幸一さん一人なの？」

「顔に書いてあるぞ。おじさんで構わない」

見透かされたセリフに、嫌そうな顔をした。

「でおっさん、秘密の副賞とやらは何？」

「ハハハハハ」

羽柴幸一は「おっさん」に反応するかの様に声を上げて笑った。

「三枝君、君はチェスが出来るかい？」

反対側の椅子を指しながら手に持ったポーンをヒラヒラさせる。

「そんなに上手くはないが少しならな」

どかりと威嚇するかの様に腰を下ろし、足を組んだ。

「お見合いバトルの様なものだ」

「は――――？」

言ってる意味が分かりかねる。瞬間的に不機嫌になる三枝に、羽柴の警報アンテナがガンガンと鳴り響く。

息子を溺愛している父親としては、ここで怒らせてジ・エンドなんて息子に合わせる顔がない。

「簡単に言うと、この副賞は羽柴の財産の総どりみたいなものだ」

「全然簡単じゃねーけど」

「私には息子がいてね」

「知っている」

さっさと話せと涼の苛立ちが露わになってくる。

「羽柴家の後継者の権利だ」

「羽柴の家はパートナーシップを結んだ相手なら、どちらが継いでもいい事になっている。実際に三代前は婿養子だし、その更に三代前は男同士だ。子供は養子縁組だし、そもそもそういう事に恐ろしくこだわらないんだよ」

「じゃあ何にこだわんだよ！」

幸一は煙草を薫らせながらチェスの駒を握り、ビショップを動かした。

「息子の幸せにさ。当たり前だろう」

三枝には狂気の沙汰にしか映らない。

「最初からこれは、俺たちが勝つか、誰も勝たないかの二択だよな」

「そうだな。だから君たちには断る権利も勿論あるさ」

顎を擦りながらワインを飲んだ。そして三枝にも同じ様にワインを注ぐ。

三枝は注がれたワインを飲みながら、

「なら普通のお見合いでもした方が余程幸せだろう」

と言った。

パチンと駒を置く音が続く。

「息子が君を落とせるのか、はたまた君が息子を落として自分のもとに呼び寄せるのか」

「ほほう。面白そうだ。連れて行ってもいい訳か」

「まあ羽柴を継ぐ継がないはおいおい決めてくれたらいい。ただ、取り敢えず俺は銀座にレストランを出したいのでな、だから普通にお見合いなんかしたのでは料理の才能が解らない。協力を頼みたい」

「ビジネスか」

「ああビジネスだ」

「ALLOROの二号店を出す気はないから、あくまでも協力だ」

「今のところはそれでいい」

まっすぐに三枝の目を見る羽柴の目は、既に百戦錬磨のそれで、気を抜けば食われそうな勢いだ。

その時、三枝のスイッチがカチリと入ったのを羽柴幸一は見逃さなかった。

「君の店の味は既に知っている。今回のシチューは靖二だけのものだ。とりあえず羽柴家のお抱えシェフをしながら世界進出の足掛かりに俺を踏み台にしてみないか」

踏み台……。

たった四文字のその単語は、ぞくぞくする程の高揚感をもたらした。しかし……。

「あいつに相談してもいいか」

「出来れば悠君にも勿論来てもらいたいからね」

悠の顔が浮かぶ。恐らくあいつは来ないだろう。

「俺たちには自分たちの店がある。仮に出来てもあくまでも期間限定協力だ」

在任期間は二年。それ以上は日本には留まらないと伝える。

要約すればそんな感じだった。

「話はここまでだ。内容が内容なんで、あいつ抜きに話しても仕方がない」

二人はただの男同士として酒を酌み交わした。幸一は息子は自分にとって、唯一の現存するアキレス腱だと言った。あいつにだけは幸せになってもらいたいのだと。

奥方のいる幸一にとって、彼女は弱点ではない。そう言っている事になる。現存する？　あいつにだけは？　とつい聞き返してしまった。

苦笑いをした幸一に三枝は胸が痛くなった。

誰にだって後悔の一つや二つあるものだと三枝は思ったし、探られたくもねぇ腹を、探る趣味はねーと、その事には触れなかった。

「そんな事より迷子の子猫はどこにいる？」

幸一が402のマスターキーを差し出した。

「一つ下の階？　ここには居ないのか」

「私は大歓迎なのだが、靖二は私とずっと一緒に二週間も滞在するのは嫌なのだそうだよ」

「嫌われてんな」

「息子など、どこもそんなものだ。そうそう今日11時に君とアポイントを取った事は、まだ内緒なんだ。サプライズでもしてくれたまえ」

「クソオヤジだな」

「靖二のびっくりする顔が見れないのが残念だよ」

三枝はポケットにマスターキーを突っ込み、ペントハウスを後にした。

◇

三枝はゆっくりと歩き402の前で、立ち止まった。インターホンを鳴らすことも考えたが、折角のマスターキー、使わない手はないとカードキーを穴に差し込んだ。

ガチャリとノブを回す。

靖二は不意になったノブの音に、着替えの手を止めた。

「え？　なんで……？」

「十五年ぶりか？」

扉を開けて目に入るその部屋は、さっきの部屋より幾分か小ぶりではあったが、それでも三枝の見知っている部屋の何倍もあった。

迷子の子猫は大きな目を見開いて三枝の言葉を聞いた。

「久しぶりだな。靖二」

靖二がいなくなったあの日から、涼はこの日を夢見ていた。夢の中で笑う靖二はまだ十のままで、タイムマシンに乗って未来に来たみたいだ。三枝はドアにもたれかかり、喉をゴクリと鳴らした。

靖二はびっくりして思考回路が働かない。

「熱烈歓迎だな。随分と大人になったもんだ。まだ外は明るいぜ」

「違うし。てか、なんでこの部屋が分かったの？　しかもなんで入ってこれるんだよ」

俺はスペアキーを見せた。

「てめえの親父に文句言え」

ムスッとした顔で文句を言うその顔は耳まで真っ赤で、顔中に会いたかったたって書いてある。

「………」

涼の手が頬に触れる。「温かい……」靖二は掌から伝わる温度を感じていた。

「いつ思い出したんだよ」

涙声は更に苦しくなっていく。嗚咽が止まらない……。

「しかし、泣き顔がさまになるっていうのは可哀想だな。攻撃欲に火をつける」

「うるさい！　質問に答えろよ」

「いや思い出してなどいないぞ？」

「えっ？　りょ……三枝シェフ？」

靖二は不安でいっぱいの顔をした。

「三枝シェフってなんだ。バカだな。思い出した訳ではないという意味だ」

靖二は三枝の服の裾を掴み、分からないよ！　と首を振る。

「にぶい奴だな。忘れた事なんかなかったと言っているだろう。忘れてねーんだ。思い出すも何もねーんだよ」

「涼……涼……」

見開かれた切れ長の、二つの目からボロボロ溢れる涙はまるでダイヤモンドの様だ。

四月が誕生日だと、そんな事を昔エマが言っていた。

涼たちが仕事を終えて孤児院に帰った時、靖二はもうそこにはいなくて、ぽっかりと胸に穴が空いたように感じたのを涼は昨日の事の様に覚えている。

「俺あの日、お前に会える気で仕事から帰ったんだぜ？」

「ごめんなさい」

「聞いてねーんだよ。帰るとかよ！　なけなしのバイト代でプレゼントも買ったのにさ」

「え？」

「てめえいねぇからー、コニーたちに食われたわ」

靖二はちょっとほっとした顔をして「コニー、会いたいな」と言った。

あのころの気持ちを、涼は今でも鮮明に覚えている。

（お前に食わせてやりたくて、貴重な日雇いのバイト代から、2ユーロでゼッポレを買った。もちもちがうめーんだぜ、おめーの肌のようじゃんってお前の頬を触ってさ……あんな独りぼっちの寂しい顔じゃなくてもっと楽しそうに笑ってほしかったんだ）

「お前が消えてからずっと……俺たちは心配だったんだ」

「俺の事を？」

「音の外れたピアノを弾いたお前は嬉しそうだったろ。お前のピアノに一緒に合わせて歌った俺たちを見て、あの瞬間すげーかわいい顔したんだぞ」

「うん」

「またひとりぼっちになっちまうのかと思って」

「悠は夕飯も食わずに探し回ったんだぞ」

いろいろ考えると腹が立ったのか、涼は止まらなかった。

「大体こんな金持ちなら、もっと早く来る事出来ただろ」

「それは……自分で決めたから……」

靖二は小さな声でボソボソと答える。

「何をだよ」

短気な涼はそれにも苛立ち、語気が強くなった。

「俺だけ子供で……そんなに変わらないのに、二人共すごく大人に見えて、だからせめて親の力じゃなくて……」

「結局親父さんの力借りといて、説得力ねぇけど？」

「だって、それは……涼が……」

靖二は会いたくて仕方がなかったのに、呑み込む癖がついて言いたいことがうまく言葉にならない。でもきちんと言わなきゃ。伝えたかった精一杯の想いを。

「涼、ずっと……会いたかったんだ……もっと早く、会いたかった」

よーく聞こうとしなければ聞こえない様な、小さな声は、それでも涼の中に確かに吸い込まれる様に消えていった。

涼はバツが悪そうに首の後ろに手をやった。

「怒鳴ったりして悪かった。すぐかっとなるの、俺の悪い癖だな。……無事でよかったって言いたかっただけなんだ」

靖二は涼の胸に顔をうずめおそるおそる、抱きついた。

「ばか……こっちのセリフだよ。騙されたりして、どんだけ心配したと思ってんだよ！」

「知っていたのか。靖二」

靖二はあたりを見渡し、足りないものを探した。

「ねえ、一人で来たの？　悠さんは」

「悠はホテルにいるぞ」

「なんで？」

「知らねーよ。あいつにはまだ闇があるんだ。まだ行かれないって言っていた」

「そうか」

(涼は知らないんだ。なら僕が言うべきではない)

靖二は話題を変えた。

「涼は……これからどうするの？」

「お前はどうしたいんだ？」

三枝涼は大切な宝物を腕の中に抱え、やっと会えたんだ。一緒にいてーなと呟いた。

儚げな彼らしからぬ音量は、彼の本気を感じさせるには十分で、靖二はその想いを余すところなく拾っていった。

「悠さんに会いに行きたいな」

かろうじて絞り出した靖二の口からは、他の男の名前が出た。

「なんだ会いたいのか？　俺より？」

「違うよ。いや違わないけど、ホント意地悪だな！　てかさ涼は副賞がなにか聞いたんだろう？」

「羽柴の後継者の権利って聞いたが？　あとは銀座に店を出すらしい。協力出来ないかと言われた」

「クソオヤジ！　てめえで言えってか」

この場にいない父親に向かってわめく靖二は、真っ赤に茹でられたタコのようで、いくらアマルフィが海岸沿いでもこんなかわいいタコはそうお目にかかれない。

「やばい。スイッチはいっちまった」

「なんの？」

掠れた声は恥ずかしさを耐える匂いがする。

心臓がドクンとなった。

涼は靖二の口を無言で塞いでいた。

「んー」

靖二が涼の胸をどんどんと叩く。

「黙れ」

「涼ー」

「お願いだ。黙ってくれよ」

（本能というものは怖いものだと思った。理性で制御できない。初めて会ったあの日から、靖二、お前は俺のものだ）

なかなか上手く開けられない靖二の口に無理やり舌を突っ込むと、そのまま靖二を貪った。

◇

チャイムが室内に響き渡った。

「誰だろう」

悠がホテルに備え付けられている時計を見ると、夕飯タイムにはまだ早い。

「涼？　飯食ってくると思ったから、何もないよ」

悠が部屋の中から鍵を開けると、そこにいたのは捨て猫だった。

手に持っている紙袋を悠に差し出すと、捨て猫は小さな声で、

「黙って消えてごめんなさい」

と言った。

靖二が着ている服は少しばかり寒そうで、悠は自分のカーディガンを貸してやった。

「さすがに大きくなったな。ん？　目が赤いじゃないか。ドS野郎にいじめられたのか？」

悠はあたりを見回すが、靖二一人しか見当たらない。

びくっと肩を縮こまらせて、それでも頑張って一生懸命悠を見つめる靖二は、昔の様にかわいいまま
まだ。

「悠さん」

悠は靖二に椅子に座るように促した。

「あのバカはどうした？」

「先に上がってろって、エレベーターホールからどっかに行っちゃった」

「マイペースでごめんな」

この部屋は涼と悠の匂いがする。

ひとりぼっちの寂しい匂いじゃない。

グルルルル、靖二の腹が盛大に鳴った。

悠は爆笑だ。

「なんだ、腹減ってるなら何か取ろうか？」

ルームサービスのメニューを開き、適当に頼もうとした悠の手を抑えて、電話を切るゴツイ手があった。

そこにいた相棒はメルカートから帰ってきた様な大きな紙袋を持って立っていた。

「俺が作る」

「帰って来たなら、そういえよ」

「ああ悪い。帰ったぞ」

「帰ったぞじゃないよ。ほんとにもう」

二週間も滞在するのに毎食外食は嫌だという涼の我が儘を、羽柴幸一が汲んでくれたこの部屋は、長期滞在用に使用されるホテルに3部屋しかないもので、大きな冷蔵庫にコンロが二つ付いたアイランドキッチン型だった。

自分勝手なこの男は相変わらず空気を読まない。

「だいたい迷子になったらどうするんだよ」

悠が注意すると、

「自分の部屋くらい俺は帰ってこれる。心配してくれたのか」

涼が袋に手を突っ込みながら言うもんだから、

「誰がお前の心配なんかするか！　その辺で迷子にでもなっていろ！」

と言い合いになった。

「じゃあ何の心配だ」

埒が明かない。あまりにも腹が立って、悠がピストルのごとく言葉の連射を涼にお見舞いしてやると、

「なんだ悠も腹が減ってんのか、作ってやるからそんなにイライラするな」

もういいわ。悠はめったに出ない舌打ちまで出した。

「何を作るんだよ。不味かったら承知しねーぞ」

「誰に言っているんだ」

靖二はハラハラしながら胃が痛くなる様な気がした。

紙袋から出てきたものは、小さなごつごつした丸い物体だった。

「ジャガイモをリクエストしたんだ。そんなに怒らないで。俺なら大丈夫だから」

靖二が言うなら仕方がない。

「ただ茹でるだけなんだが、ヤックが自家製の塩辛をくれたんでな、コンシェルジュに言ってメインダイニングから極上のバターをわけてもらった。これが一番旨いんだ」

アンチョビとバターとジャガイモに、海岸で漁師のヤックが添加物なんかを入れずに作ってくれた自家製の塩辛を熱々で頬張る。

「折角の再会だ」

悠は冷蔵庫からトスカーナ地方のボルゲリを出してきた。

「赤ワイン？」

靖二はびっくりして、臭くないの？　と聞いてくる。

「白の方が合うかなと思っていたから。日本なら日本酒で合わせたりするんだよ」

靖二がそう言うのを聞くと、クスッと笑い、悠は冷蔵庫を指した。

「今は樽香のするシャルドネしかないからね、俺なら絶対に合わせない」

白ワインだと、合う合わないがかなりはっきりするのだと教えてくれた。

ヤックの塩辛は本当に美味しくて、

「甘い」

こんなにおいしい塩辛初めて食べたと靖二は言った。

昨日の残りのミネストローネを使って涼がもう一品作ってくれた。

「なにこれ。いい香りがする」

「このボルゲリはトスカーナのワインなんだ。昨日お疲れ様を祝してラファエルと俺で軽くミネストローネを作ったんだよ。

いつもは涼たちが作ってくれるんだけど、たまにはあいつらも食うだけってのもいいかなって事でさ。残ったらトスカーナパンを入れると今涼が作ったリボッリータという料理になるんだ」

豆が入っていてドロッとした田舎料理だ。

「初めて食べた」

「そうだね。あまり見ないかもしれないな」

「みんな疲れも出てくる頃だからね。折角のリボッリータなら昨日の残りのヴェルナッチャがあるな。白も出すか」

どんなに豪華な食事より、靖二にはこの空間が何より愛しい。

悠への感情は、初めは敵対心だったと思う。

子供だった靖二は、母の一番が自分じゃない気がして、大好きだった父の一番も自分じゃない気がして、でも独りぼっちだと思っていた自分よりもっと寂しいはずの涼たちを見て、自分は贅沢なんだって思った。

だって彼らは前を見て進むしかなかったから。寂しいとか、つらいとか、言える立場になかった。

「ほら白ワインを入れたよ。合わせてごらん」

悠に勧められて靖二はゆっくり口をつけた。

「優しい悠さんみたいな味。これがヴェルナッチャ?」

悠は、用意する間につまみ食いをする涼の手をペチッと叩くと優雅に白ワインを飲んだ。

「俺が優しいかは別として……そうだよ。これがヴェルナッチャ・ディ・サン・ジミニャーノ」

コトコト煮込んだ野菜の味と優しく上品な香りのヴェルナッチャ。

「仕上げにそこにあるトスカーナ産のオリーブオイルを少しだけかけてみてごらん」

悠はオイルの瓶を手渡した。

靖二は十五年ぶりの再会が嬉しくてつい飲みすぎて……。

「おい靖二、靖二、寝るならベッド貸してやるから」

吸い込まれるままに、靖二は意識を手放した。

「旨いよ」

「だろ？」

靖二の寝顔を見ながら涼と悠は過去に思いを馳せた。

「なあ悠」

「ん？」

「日本はさ……色んな国の料理が楽しめて、本当にすごい国だけど、アマルフィもトスカーナもミラノもどこもさ、こっちはその場所の料理がメインで、それに、その事にプライドもあるんだ。そう考えると、ここを泰河に任せて、俺は銀座の話を受けていいのかって、ちょっと答えが出せねーんだよ」

(なんだかんだって理屈をつけてるけれど、つまりは俺とこのお姫様の間で揺れてんのか。折角のチャンスなのに、こいつ。馬鹿なやつ)

「お前の料理はアマルフィが原点だ」

「ああ」

「涼、俺たちはいつか孤児院の皆の為に、世界を相手に勝ち上がっていこうって思っていたじゃないか」

「だって、それは……お前も一緒だと思っていたから。悠、お前日本行く気ないだろ。俺と別れるつもりか？　もう人生の半分以上一緒にいるんだぞ」

悠は涼の質問には答える気がないらしく、大きな窓から外を眺め、ひんやりとした窓に額をつけて、吐き出す息で白く濁る窓を見ていた。

五分ほど黙っていただろうか。沈黙を破ったのは悠だった。悠の手には懐中時計が握られている。

大事な話をする時の悠の癖だ。そのくらい聞かなくても涼は知っている。

「びっくりした。別れるって、恋人かなんかと勘違いするとこだったわ。ただの肉体関係のある親友だろ？　お前はさ、上昇志向の塊で、のし上がる為なら何でもやりそうでいて、その実、誰よりも信念に忠実だ。料理には常に真剣で、料理相手でも客相手でも自分の信念には絶対に嘘をつかない。相手が客でも譲れないもんは絶対にノーだったじゃねーか。そう言うかっこいいとこが涼の真髄じゃないのかよ。俺がいるとかいないとか、関係ないよ」

「関係ないわけあるか！　俺の後ろをお前が守ってくれる。それがどれだけ心強いかお前は知らないから」

「…………」

「俺たちは……いつも一緒だろ……」

涼の必死の説得に、悠は寂しそうに笑う。

「店はどうすんだ。ALLORO は」

「だって……」

「なあ涼、空の星は甘いらしいって知ってたか？」

「そんなの知らねーよ。食った事なんかねーし。お前の考えてる事が分からねぇよ」

「日本に、行ってみろよ。そうすれば甘いかどうかも分かるだろ」

三枝にとって、雨宮悠という男は常に近くにいる存在だった。

悔しい時も、嬉しい時も、悲しい時も、恋人ができたら一緒に喜び、肩を組んで笑い、同じ目標に向かって共に努力し、一生親友で戦友だと思っていた。

お互いに好きだと、一度もはっきりさせないまま、あいまいな肉体関係を持ち続けてきた、少しばかり関係の拗れた親友。

そしてそれは一生続くのだと、三枝は思っていた。

(俺はこんなに弱かったか？　いつでも強気の三枝涼が俺の売りじゃないのか？　悠がいなくなる？　その事で、こんなにも動揺するなんて)

◇

悠が初めて三枝涼に恋していると気が付いたのは、二人が出会って一年もたっていない夏の日の事だった。あの日のことを悠は今でも忘れていない。

メルカートの肉屋のおじいさんに貰った小ぶりのスイカで、リコたちとスイカ割りをしようと、アマルフィの海岸に行った。涼が胸に当てた二つのスイカで、女性の体を想像させたのが気に食わなくて、悠は一人孤児院に逃げ帰ってきた。嫉妬ってものを経験したのも、あれが初めてだった。その時から、悠は自分の恋心は絶対にバレてはいけないと思っていたし、そうやって、あいまいな関係で二十年を過ごしてきたのだ。

涼にとって、自分が必要でなくなった時には、何時でも捨てられてあげられるように、涼が捨てた事に傷つかなくていいように、深入りしない。都合のいい関係を築いてきていた。

それなのに、今、目の前で起こっている涼の状態に、嬉しいと心が震えている自分がいる。

(弱っていく涼……。俺に捨てられたと勘違いさせたまま、放り出しちゃいけない。今、自分が日本に行きたくない理由を黙ったままじゃ、全てが限界なんだ。折角手に入るかもしれない涼の夢。俺にとっては誰よりもこの男が大切で、それなら笑って送り出してやるのが俺の仕事じゃないのか。雨宮朱璃の息子なら、それくらい出来なきゃ嘘だろう。

永久に会えない訳じゃない。少しだけ先に頑張ってもらうだけだ。

でも今のこいつには、一人で頑張らなきゃならないきちんとした理由が、必要なんだ)

「俺は涼がどこに行ってもお前はお前だと思うよ。そして俺はお前の味方だ」

「分かってんよ」

ムッと口をつぐんで黙る涼を、悠はしょうがねぇなぁという思いで見守った。

「涼、ちょっと話聞いてくれるか？」

「話したくないんじゃなかったのかよ！」

「あのな」

「大丈夫だ！　話さなくていいって言ってんだろ」

涼はぶっきらぼうに静止したけれど、くすくす笑う悠は、あったかい紅茶を淹れてくれて、気にすんなって顔をした。

「うるさいよ。俺が話したくなったんだ。ちょっと黙って聞いてろ、バカ。俺には母さんがいた。当たり前か。俺の母さんは雨宮朱璃っていうハープ奏者だったのは知ってるんだよな」

「世界的に有名な綺麗な人だったのも知ってるよ」

「これは母さんの形見で、母さんが恋人から貰った唯一のものだ」

エポスの懐中時計……いつも何かにすがる時、あいつが握っているものだ。

「その恋人が……俺の父親だ」

「幸一……か」

現存する……それはそういう意味か……。

「流石、勘が良い」

（誰かが何か話してる）

ベッドで寝ていたい靖二は、少しだけ覚醒した頭でぼうっと聞いていた。

「俺だっていつかは会いたいと思っているさ」

（悠さんの声？　会いたい？　誰に）

「羽柴幸一はお前が息子だって知らないのか？」

（知っているのは……。気づいているのは母さんさ）

靖二は心の中でそっと言った。

「俺の母さんは羽柴の為に身を引いた。いい縁談が持ち上がっていたのだと聞いた事がある」

「朱璃さんはお前にそれを言ったのか？　まだ小さなお前に」

「この懐中時計には名前が彫られていてね」

悠は懐中時計を見せてくれた。

そこには、

「TO ジュリエッタ　FROM　幸一　死ぬまでともに」

と彫られていた。

「俺は小さな頃から異様に勘がよくて、一度だけ母さんに詰め寄った事がある」

「…………」

「捨てられたのかって聞いたんだ。俺はいらない子だったのかって。そうしたら母さん泣きそうな顔をして、この世に、我が子をいらないなんて思う親はいないって。

これは母さんの我が儘だから……彼は、私に捨てられたと思っているわ。って言ったんだ。羽柴の為にはそれしかなかったんだって。自分なんか釣り合わないからって。だから妊娠したことも言っていない。羽柴幸一は俺の存在を知らないよ」

悠の目から雫がいくつも滴り落ちている。

「俺の願いはただ一つ。いつかは羽柴幸一に母さんの思いを伝えたい。ジュリエッタは、雨宮朱璃は一生あんたを好きだった。捨てた訳じゃないって」

「いつかって？」

涼には悠がなんで待つのかが分からなくて、んなもん今だっていいじゃねーかって思ったけれど、悠の意思のある目を見てしまったら、何も言えなかった。

「羽柴幸一の奥方は寧《しず》さんっていうんだ。優しい聖母みたいな人だよ。傷つけたくないんだ。母さんは守ろうとしたんだから。いつか神様が会わせてもいいって思ったなら会える時が来るさ」

「……会っても……黙っている事は？」

小さな声で聞く涼に悠は首を振る。

「涼、悪い。会ってしまったら黙っていられる自信がないよ。なあ、世界にALLOROの名前を轟かせる為には日本はいい足掛かりになるんじゃないか。俺だって本当はいつまでも一緒にいたいよ。でもチャンスは待ってはくれないぜ。俺たちにも守らなきゃならない弟や妹たちがいるだろう」

それでもぐずぐずする涼を見かねて、

「チンコついてんだろ。俺の惚れてる三枝涼はそんな弱い奴じゃない」

悠は涼を抱きしめた。

「チャンスは力ずくでも奪えってポリシーだろう。今更、日和ってんじゃねーよ」

胸ぐらを掴み、壁に押し当て、悠は甘く濃厚なキスをした。

靖二はベッドでうっすらと目を開けながら二人の会話を聞きながら思った。

涼は俺と一緒に日本に行く事を悩んでいるんだ。諦めなきゃいけない。悠のお母さんが父さんの為に恋心を捨てた様に、今度は俺が悠の……兄さんの為に、自分の恋心を諦める番なんだ。

そう心ではわかっているのに、それなのに俺は……聞こえなかったふりをした。

第三章　靖二との日々

羽柴家での生活

羽柴家のお抱えコック兼新店舗の立ち上げの為に俺が日本に来て、既に二ヶ月が過ぎた。

まもなく三月も終わりに差し掛かろうかという頃だった。

羽柴幸一は悠が一緒に来ないのを残念がっていたけれど、向こうの店も守らなきゃいけないからと言うとあっさりと納得してくれた。

三ヶ月が過ぎやっと東京にも慣れてきた。地下鉄はイタリアにも走っているから分からない訳ではないものの、ナポリからアマルフィに行こうと思っても一日二本程度のバスしか走ってないし、港を船が結んでいたりもするが、俺は基本的には公共交通機関に馴染みがない。

東京は三分に一本電車が走っている様な街で、なかなかにエキセントリックだ。

涼は車が良いらしく、靖二の為にと幸一が買ったジャガーを自分のものにしていた。靖二は乗らないから別段問題は無い。

田園調布に家を構える羽柴家を見た俺は、孤児院何個分だ？　と頓珍漢な事を思ったものだ。

街路樹や公園も多く、住むには最適だ。健康維持に毎朝走っているせせらぎ公園は鳥もよくさえずっていて、たまにバードウォッチングをしている人を見かける。

「おかえりなさいませ」

毎日俺の早起きに付き合わなくてもいいものを、この家の使用人たちはなんでこんなに働き者なのだろう。

「ただいま戻りました」

「朝ご飯はいかがなさいますか？」

「自分でやりますよ？　俺も雇われているんだから立場は同じです」

と言ってみたものの、どうやら彼ら的には違うらしく、しかもテリトリーには入られたくないらしい。

コックとしては気持ちも分かるので、話し合いの末、自分の部屋に備え付けられているキッチンで料理をする事にした。

この家に来た時、俺の寝室は靖二と一緒で、流石に別室を申し入れた。

全く譲らねーおっさんとの協議の末、飯は俺の部屋のキッチンで作る。だから靖二と食うのも俺の部屋。しかし寝るのは別々にしてもらった。羽柴家のお抱えコックというのはどうやら靖二のお抱えコックらしい。

まだ何か隠している気がするが、まあ言われない限り当面は無視だ。

しかし一緒に寝ろとは、あのおっさん何を考えているんだ。

靖二が起きられないから、それなら毎朝必ず起こしてくれとのご命令には逆らう訳にもいかず、承服せざるをえなかった。

人の気持ちも考えないで、あのクソダヌキ!


翌朝、相変わらず時間になっても起きてこない靖二を起こしにいくと、子猫みたいに丸まって端っこにいる物体を発見した。

かわいすぎる子猫に俺は舌打ちをし、

「こら寝坊助、いい加減に起きろ」

と声をかけた。

「んー。キスしてくれたら起きる」

は――――?

「バカな事を言うな。俺は雇われているんだよ。言うなればお前は雇い主の息子だ。立場が違う。そんな事出来る訳ないだろう。それより何喰うんだよ」

「シリアル」

「却下」

靖二はベッドから睨みつけてくる。

かわいすぎる、逆効果だな。

「朝の働かない頭に、色々言わないでよ」

靖二はプイとそっぽを向いた。

「また拗ねているのか？　仕方がない奴だ」

「大体何で朝からそんな意地悪言うんだよ……」

「飯作ってやるから顔洗って俺の部屋に来い」

「分かったよ」

目を覚ますのにシャワーは必須だ。

今日の朝飯はバランス重視。

小さなご主人様はきちんと食べさせないと本当にダメなやつになる。

最近うちのご主人様はマッサージ師の勉強を頑張っていて、資格を取得しようとかなり夜遅くまで勉強している。羽柴の後継者なら必要なのは帝王学だろうに本当に不思議な親子だ。

「お前、なんでこんな勉強してんだよ」

「だから涼にマッサージしたいからって言ったじゃん！」

「親父さん何にも言わないのか？」

小首をかしげるあいつに、相手をするのも馬鹿馬鹿しくなって話を止めた。

俺的には理解に苦しむ状況なのだが、何故かすごく大事な事らしい。

「親父？　頑張れって言われた」

「ハイハイ」

靖二は特技レベルでどうやらマッサージが上手らしく、資格を取ったら毎日俺の体のケアをすると言っている。

まあ勝手にすればいい。コックなんか職業病で腰痛持ちだ。むしろ資格なんかなくても今日からしてくれってのが本音だ。

「出来たぞ」

バスルームに声をかける。

ガチャ
「んー」

アンニュイな声とともに甘い匂いを纏い、子猫は狼の前に姿を現した。

「さっさと服を着ろ。誰かに襲われたらどうするんだ」

「涼が襲ってくれたらいいのに」

「馬鹿言うな」

隙あらば俺とどうにかなりたいと思っている事も、よく分かった。

「こんなんで僕の思い叶うのかなぁ」

「何か言ったか？」

「何でもないよ！」

あーもー、困った奴だ。

今日の朝ご飯は、
◇十三品目の野菜のスープ
◇オムレツ
◇パン
◇キノコのソテー
◇ハーブティー

「いただきます。今日から仕事って言ったっけ」

「ああ、まずは銀座の店の内装の打ち合わせからだ。お前の予定は？」

「マッサージのテストー」

「どこで」

「品川だよ」

「はー？　結構遠いじゃないか。言えよ！　送ってやったのに。まさか一人じゃないよな」

靖二はきょとんとして、

「へ？　佐伯がいるから」

「送り迎えだけじゃないか……言えば内装の打ち合わせ、明日にしたんだぞ？」

靖二は首を振る。

「邪魔はしたくない！」

「しょうがねーな。今日は早く帰る！　夕飯作ってやるよ。何が食いたい？」

靖二の必死の我慢が解る分、出来るとこで甘やかしてやりたい。

昔から絡まれやすいらしく暴行未遂もあったというし、痴漢にもあってた様だし、靖二を一人で外出させるのは心配なのだが……。

「今日早いの？　ならアイス食いたいな」

「アイス？　夜飯がか？」

「デザートにだよ」

バカじゃないのか？　と、あいつは嬉しそうに朝飯を食いながら、また食べ物の話をしている。実は食いしん坊なんだ。食い意地の張ってる奴はかわいくて仕方がない。

「食べたいやつがあるんだな」

「流石だね。帰りにコンビニで買って帰ってきてよ」

靖二の甘えは消極的で、しかも極々たまにだ。

もっとわがままになればいいのに。

「どんなやつだ？」

「ハーゲンダッツのレーズンバターサンド！」

「分かった。飯は？」

携帯でレーズンバターサンドを調べ、これでいいのか靖二に聞く。

嬉しそうに「うん」なんて言うもんだから、俺は柄にもなくドキドキした。

「ご飯は任せるよ。出来たら魚が食べたいな」

「了解、試験頑張ってこいよ！」

嵌まった音

「くそ、なげーんだよ。打ち合わせ。準備があめーって」

靖二のリクエストのアイスを持ち、魚を仕入れて家に着いた時にはゆうに九時を回っていた。

夕飯どきには帰れない事が分かった時点で佐伯さんには連絡を入れていたものの、それを聞いたところであいつが素直に飯を食っていてくれる訳はなくて、魚を買って帰る事にした。

なんとなく腹を空かして待っている気がしたからだ。

「靖二ー」

「靖二」

リビングにも俺の部屋にもいない。

まさか自分の部屋か？　あまり一人で部屋に籠もらないのに珍しい。

いやそうでもないか……確かメイドさんが最近は部屋に籠もらなくなったって言っていたから、昔は日常だったのかもしれない。

俺はスペアキーで靖二の部屋を開けた。

「いた」

あの小さな膨らみ。また丸まって膝を抱えてる。寂しくなってどうにも感情が追いつかなくなった時の靖二の癖だ。

何があったのか知らないが、気配で俺がいるのは解っているだろうに、一向にベッドから出てこない。

「おい」

何も言わない。

「靖二？」

「涼？　お帰り……ごめん。ちょっと寝ちゃった。今起きる」

声はどう聞いても涙声。

「どうした？　うまくいかなかったのか？」

靖二は首を振る。

「涼には関係ない」

「関係ないって言い方はねーだろ」

涼は布団の中に手を突っ込んだ。

ちょっと強引だが今のこいつを引っ張り出すにはこれしかない。

「やめて」

ほらみろ！　泣いてんじゃねーか。

「何があった？」

涼の声は怒気を帯びているけれど、それは靖二に向けられているものではなくて、靖二の太ももを触る手はとても優しかった。

「話してごらん。俺の宝物を傷つけたのはどいつだ？」

靖二の体がぴくんと動く。太ももをきゅっと内側に締め付ける様な、中心に集中する緊張……。

「ここか？」

「だめ……りょっ……りょう……」

「いいから、おとなしくしてろ。上書きをしてやる」

靖二はそのまま、俺の手の中に白濁としたものを放出すると、深い眠りに落ちていった。

あいつが眠りから覚めたのは、あれから二時間程過ぎた頃だった。時計を見ると針は深夜零時を指そうかというところ……。

夜は一緒に寝ないと約束した手前、俺はそこで寝るわけにもいかず、かといって今のコイツを一人残していくのも心配だった。ベッドが見えるようにソファに座り、靖二の寝顔を見ながら、白ワインに口をつけた。

それから30分もせずに、何やらもぞもぞ動いている。目が覚めたのだと思い声をかけようとワインを机に置いた。

すると、月明りを頼りに、何かを探す素振りをしたが、見つからなかったのか、靖二はそのまま頭を垂れた。

「おい」

肩をつかむと、びくっと体が固くなる。

「ギャ――――涼――りょりょりょりょ」

靖二はびっくりして、一目散にベッドに逃げ込んで頭を隠して一人でワーワー言っていた。

「靖二！　おい」

「…………」

うるせー、こいつ聞こえてねーな。

強硬手段だ。仕方がない。

文句は臆病なテメーに言えよ！　靖二。


布団を引っぺがすと、無理矢理体を回転させうるさい口を容赦なく塞ぐ。

悠とは違うちょっとぽってりした唇を貪ると、途端に罪悪感でいっぱいになった。

ゆっくりと唇を放すと、靖二の指先は恥ずかしそうに唇に触れた。そんな靖二がかわいくて、つい声に出して笑ってしまった。

「ていうかさ、涼はなに笑ってんの？　メチャクチャ腹が立つんですけど！」

「あんな臆病な靖二見たら、そりゃ笑うだろ」

「涼……」

「もとはといえばお前が悪いんだろ。起きた時に一人じゃ流石に今日は嫌かなって、思ってやったのに、人をお化けみたいに言いやがって」

「だって。いてくれてるって思わなかったんだよ」

「だいたいなー」

グルルルルルルルルルルル。

盛大な腹の虫が大合唱をしている。

そういえば朝飯を食べたっきり何も食べていなかった。

「アッハッハッハッハッハ。飯あるぞ。夜食だな」

食うか？　涼は作り置きしておいた焼きおにぎりと味噌汁を温め直してくれた。

「美味い……」

「そりゃそうだ。誰が作ってやったと思っている」

温かい味噌汁を飲んだら、また眠気が襲ってきたのか懸命に目をこすっている。

「ここに居てやるから、もう一度寝ろ」

俺の言葉に靖二は眼を閉じた。

◇

「起きろよ」

もーちょっとーと甘えん坊の声がした。

「おい靖二。食っちまうぞ」

だんまりか。

「がおおおおお」

クククククッ。

「おっ笑ったな」

「だって、がおおってなんだよ」

泣き顔を見られた事など、まるで無かったかのように、こちらを見てにこにこしている。悠と違って基本的に素直なのだと思った。

「涼…………」

「ん？」

「今日は朝ご飯なーに？」

照れ隠しに話題転換だ。

「オートミールに青菜のスムージーと」

「えー、オートミール？」

「昨日の今日で文句を言うな。嫌ならおかゆを作ろうか？」

本当につらい時にはいつも最大限に甘やかしてくれる。

「落ち着いたか？　昨日何があったか話せるか？　試験だったんだろう？」

ぼうっと考え込んでいたところに声をかけられ、びくっと肩を揺らした。

はちみつたっぷりのオートミールを食べながら勧められるままカリカリベーコンも頬張った。

スムージーを呷りながらも視線だけで訴えかける靖二に、ふかふかの真っ白いラグに胡坐をかきながら腰を下ろした涼はくすりと笑った。

「まだ話したくない？」

「あ……いやそんな事ないけど」

「けど？」

「怒らない？」

「誰が？」

「……涼が」

自信はない。俺が素直にそう言うと、

「じゃあ言わない」

プイとリスみたいにほっぺたを膨らませる靖二に、

「努力する」

と言った。

自信はないって＝好きだから怒るかもしれないって事だよなと俺は冷静に自分の気持ちを見つめた。

「涼……」

そういったっきり靖二は黙ってしまい、外を見ながら何かを考えている様だった。

（そもそも涼は誰が見てもかっこいい。一八四センチの高身長に逞しい筋肉。

それに引き換え、自分は筋肉も少なく貧弱で、誇れるものと言えば、この顔だけだ。

日本に来てくれたという事は、悠さんより俺を選んでくれたと思っていたのに、未だに抱いてくれないのは何故なんだろう。

プラトニックといえば聞こえはいいが、いい大人がそんな関係で満足出来るとも、ましてや続くと思えるほど純情でもロマンチストでもなかったから、得意のマッサージのテクニックを磨いて体から入ろうなんてちょっと姑息な事を考えていた）

（靖二は……こんなに好きなんだ。だから応えてって、まるで懇願するみたいに腕を磨いていった。

靖二の気持ちは痛いほど伝わってくる。

でも自分たちは主従関係だ。今更無かった事にはならない。

恋人になりたかったのなら、アマルフィで俺を口説けば良かったんだ。

その甘いマスクで、俺の首筋にキスをして泣き落とせば、俺はあいつのものになったのに）

◇

幸一氏が靖二の為に買ったものの、無用の長物と化していたスポーツカーを涼はぶんどる事に成功した。

そもそもジャガーを放置とか、ありえないと思っている。乗らなきゃ損だろう。

日本に来て初めての靖二の誕生日。

桜の立ち並ぶ通りを車で走った。窓を開けると風が気持ちよくて、夜に走れたら夜桜見物で綺麗だろう、と思っていた。

プレゼントは何がいいかと聞いても靖二はにこにこ笑うばかりで、特にこれといったものはなく、それなら本が好きな靖二に、好きな本を何冊でも買ってやるよと、涼たちはお気に入りの本屋に行った。

初めてこの本屋を見つけたのは、涼がアマルフィから日本に来て何日かした頃。あたりを散歩していた時に偶然にも明かりのついている窓を見つけた。窓には本屋の文字が貼られている。

一階にパティスリーの入っているその本屋は入り口の存在しない不思議な本屋に見えた。

靖二は窓に向かって、

「ラプンツェルやラプンツェルや髪を垂らしておくれ」

とおまじないまで始める始末。

「頭大丈夫か？」

「失礼な人だな」

あたりを何度見回しても入り口がなく、もう一度駐車場を見ると奥の方に小さな看板があった。

知らなきゃ怖くてとても進めない様なそんな階段を上ると、Welcome to the free world と書かれた小さな重い扉を見つけた。

中に足を踏み入れたら二度と出てこられない様なそんな重みのある藤色の扉に涼たちは吸い込まれていった。

その時はゆうに十八時半を回っていたので、閉店まであまり時間がなく今度ゆっくり来たいなと靖二が言っていたのを、涼は覚えていた。

そんなこんなで、やっと再来の機会を得たのだった。


この本屋は一風変わった佇まいで、普通の本屋の様な明かりはなく、暗く落とされた照明の中にオーナーがセレクトしたと思われるセンスのいい書籍の数々と、それを引き立てるアンティーク調の品々が並んでいる。

この場所を初めて見た時涼は異世界に来た様な気がした。

入りづらいあの階段を上がって、重い扉を開く勇気が、この店への切符だった様に思う。

靖二の綺麗な横顔に、アンティーク調のライトに照らされた濃淡の淡い影が落ちていたのが、昨日の事の様に思い出される。

本屋にいる時は自分の世界に浸りこんでしまう癖があるから、あっという間に時間が過ぎ、閉店の時間となっている事にも気がつかない。


「靖二、もうそろそろ閉店の時間だ。何が欲しいんだ」

見つけた瞬間から、何やらずっと大事そうに抱えていた淡いグレーの本。

「それはなんだ」

涼は聞いた。

「これはパリの左岸にあるピアノ工房の本だよ」

と教えてくれた。

「指南書かなんかか？」

と聞くと、そんな格式ばったものではないと言う。

「ショパンが好んだプレイエルやスタインウェイとかの名器がこの店の扉をくぐり再生されていくんだ。楽器を生き物の様に扱う職人との交流を書いた、物語のようなものだと思っている。一度きちんと読んでみたかったんだよ」

薄明かりの中、嬉しそうにそう言った靖二の顔を、涼は大きな手のひらで優しく撫でた。

他にはないのかと聞くと、少しの間が空いた後、小さな声で、あと二冊あるという。

誕生日プレゼントだ。持っておいでと涼が言うと、静かに書棚の前に歩いていった。欲しかったのだろう。重ねておいてあったその本は、悠が大好きなノーマン・ロックウェルの画集と、これ作って見てぇなと以前俺が独り言のように言った、ケーキのレシピブックだった。

時間も遅く、靖二のお腹もグーッとなった。

「何か食べよう。何がいい？」

そう聞く涼に、本屋って不思議な空間だよね。と靖二は言う。

「この雰囲気を堪能すると決まってカフェに行きたくなるんだ」

今日は靖二の誕生日だから夕飯も好きなものでいいぞと涼が言うと、新宿に行きたいと涼の服の裾を引っ張った。

涼はオーレ・グラッセとナポレオンパイを頼んだ。

「お前は？」

「ケーキはミルクレープとチョコシフォン！　飲み物は同じのがいい」

「なら注文は」

コンレーチェ・グラッセ（アイスミルク）とミルクレープとチョコシフォン。

「オーレ・グラッセは？」

「お子様は牛乳にしとけ！」

「そのお子様にキスしたくせに」

辺りの客には聞こえないくらいの小さな声で、靖二は涼の耳元で囁いた。

靖二は言葉は少ないし素直じゃないけれど、切れ長の目がチラチラ恥ずかしそうに見る。雄弁な目だ。

「なんだ？　自分で言って照れるなよ」

「うるさいな……」

スマホの画面に短い文字を打ち込んでいる。

「何してる？」

「なんでもない！」

「なんでもない訳ないだろ」

突然涼のポケットの中のスマホが震えた。

ん？　なんだ？　と思っていると、

「後で見て」

靖二は耳を真っ赤にして言った。

「気になるんだが」

涼はからかいぎみに言った。

「後でって言ったろ」

照れ隠しで、シフォンを涼の口の中に押し込むと、

「チョコシフォンはここが最高だね」

靖二は何かを我慢するように、笑顔を作った。


打ち込まれていた文字は靖二の必死の想いだった。

「もう一度、キスをして」

涼は靖二の気持ちに気がつかないふりをした。

(大概、俺も意気地なしだ。一度目は不可抗力だ。靖二の状況もある。言い訳も立つ。でも二度目はそうはいかない。一時の感情だけでは動けない。覚悟がいるんだ。アマルフィに残してきた悠を捨てる覚悟が。そんな事、俺に出来る訳がねーだろ)


「腹減ったな」

涼は気持ちをごまかす様に、思ってもいないことを言った。

「え？　今食べたばかりじゃない」

「食ってねーよ？」

「ケーキ食べたじゃない」

「ケーキなんか腹の足しにもなんねぇよ。飯食おうぜ！」

涼は今すぐにでも、ここから出たかった。この場に漂う危うい感情をどうする事も出来なかったからだ。

「冗談だろ？」

靖二が二の句が継げず呆然としていると、ならお前は先に家まで送ってやるとか言う始末。

「行くよ、行くに決まってるだろ！」

席を立ち会計をする涼を慌てて追う。階段を上がり外に出ると、涼は携帯を出し、どこかに電話をかけ始めた。

「はい……そうですか。……じゃあそれで」

前から行きたかった店でもあるのか、車までさっさと歩き始める。

「まってってばー」

「おっせーよ」

「どこ行くの？」

「コンビニ」

……はい？

「コンビニ」

呆然とする靖二に涼は、予約が取れなかったんだと教えてくれた。

小さな店らしく常に満席。

明日なら偶然キャンセルが一件ある言われ、その場で靖二の予定も聞かずに涼は予約をしていた。

「だからってコンビニ」

「お前、腹減ってなかっただろう」

「確かに減ってなかったけど」

結局コンビニで歌舞伎揚げとビールを買った。

「ご飯食べるんじゃなかったの？」

そう聞いた靖二にびっくりする答えが返ってきた。

「お前コンビニの飯好きなのか？」

「好きな訳じゃありませんけどぉ」

「ならいいじゃねーか」

車を飛ばし、帰宅した。


そもそも、涼はただあそこを出たかっただけだ。涼自身、あのまとわりつく感情の行き場を失っていた。靖二はかわいい。それは嘘偽りのない事実であった。それでも思い出せば、悠に会いたくて仕方がない。

悠の滑るような肌、きつい目。必死に我慢する声。悠の体の中の熱さを思い出し、目を閉じれば瞼の裏側に悠の肢体が浮かぶ。それが涼を駆り立てた。
日本に来てから、最初のうち、何度も悠にメールを出した。
《桜がキレイだ》
《星が見えない》
《海が見たい》
《うまいパン屋を見付けた》
《お前は今何をしている》
そしてそのどれにも、悠からの返事はなかった。
女々しいと、涼は分かっていたけれど、高ぶる気持ちが抑えられない。今、どうしても悠に伝えたい。
イタリアは午後の一時だ。《会いたい》とだけメールを打った。
それには反応があった。今迄、一度たりとて来た事のなかった返事。期待して開けたメール。
会いたいと思って欲しいと、涼は望んだ。
帰ってきたメールには、「くだらないこと言ってないで、羽柴の姫さん捕まえろ。二度と言うな」とだけ書かれてあった。
自分たちの関係はただのセフレだ。最初にそう言ったのは涼だった。それなのに、望む愛情表現では無いと、悠のメールに寂しさを募らせる自分に嫌気がさした。

靖二はかわいい。好きだ好きだとこんなに感情を露わにされた事は無い。何度も体を重ねても、悠から好きだとか、愛しているだとか、聞いた事は無い。

靖二なら、きっと毎日言うだろうと涼は思った。そして、羽柴の力を手に入れたら、世界も握れる。

それなのに、涼は、靖二との最後の一線が超えられなかった。

「ちょっと、ちょっと、涼！」

「あっわるい、なんだ？」

「もう、全然聞いてないんだから。どうかした？」

「いや、どうもしないよ」

涼は慌てて携帯を閉じポケットにしまった。

「僕、先に風呂入ってきてもいい？」

無邪気にそういう靖二の頭を撫でると、

「ああ、綺麗にしておいで」

と涼は言った。

いつもなら、十五分位で出て来てしまう靖二が珍しく三十分は入っている。

「大丈夫か、のぼせていないか」

涼が言うと、

「うん」

靖二は答え、湯船から上がった。

「出てきたか。髪乾かしてあげるからこっちにおいで」

浮気がばれた旦那みたいな対応をする涼に……靖二は素直に喜べない。

「そんな怒るなよ。お前腹減ってないと思っていたから」

「何の事？　コンビニのことなら、もう怒ってなんか無いよ」

「明日は最高にうまいもん食わしてやるよ」

はぐらかす様に、おでこにキスして涼は部屋を出て行った。

◇

「ここは？」

「黙って付いてこい。間違いなく日本で最高と言われるレストランの一つだ」

左にカーブする細い道を道なりにどんどん進む。

初めての道を行く不安感は全然ない。涼は足を止めて二階を見上げ、階段を上がっていった。

「来た事あるの？」

「二十五くらいの時だな。一度だけ日本に来た事があるんだよ」

「へー」

靖二はそれ以上聞くのをためらった。

ラ・ポワゾン

涼は扉を押し、店内に入っていった。

「こんばんは。予約をしていた三枝です」

「いらっしゃいませ。昨日はごめんなさいね」

若干の間があったが、突然弾むような声を出した。

「えっうそ――。やだー何年ぶりー？　言ってよー」

年の頃はゆうに五十は超えていて、三十年以上この店と歩いてきている彼がこの店のもう一つの顔だった。

「覚えていてくれたんですか？　一度しか来た事ないのに」

涼はびっくりして聞いた。

「名前でもしかしてと思って、しかもこれだけイケメンなら忘れる訳ないわ。それに、おめでとうと言わなきゃならないわね。見てたわよ。羽柴戦」

メートル・ドテルはそう言った。ここのメートル・ドテルは超一流。

シェフの料理が美味しいのはもちろんだが、この店が超一流と呼ばれるのに欠かせないのは、まさにこの人だ。涼は靖二を雇用主の息子だと簡潔に説明した。メートル・ドテルも何か聞きたそうだったが、プライベートには立ち入らないのが鉄則のこの世界では、言葉にする事は出来ない。察するように「イタリアです」と涼は答えた。

「前は誰と来たの」

靖二は気になって小さな声で聞いた。

「悠だ」

「やっぱり」

この店にどうしても来たいと言ったのも悠だった。一度お会いしてみたいメートル・ドテルがいるからと言っていた。と涼は簡潔に教えてくれた。

一万二千円のコースを頼んだ。

苦手なものを聞かれ、食べられないものは何もないと靖二は答えた。チョイスするのはメインのお肉だけだったから、来るまでお楽しみのコース。

涼たちは鴨のパイ包み焼きをチョイスした。

「あいつの分はポーションを全部少なめで」

涼の気遣いが靖二は嬉しかった。

一番最初に出てくる鴨のリエット。悠が誕生日にリクエストする一品らしく、『シェフのリエットにはまだまだ届かない』と毎回辛辣なコメントをくれるのだと笑って教えてくれた。

こんなに幸せな顔してものを食べてる涼を、靖二は初めて見た。

なかでも靖二が衝撃を受けたのはハーブのグラニテ。こんなおいしいグラニテに出会ったことは無い。香りも付き抜けていて一切の妥協がない。お口直しのグラニテすら最高レベルとか神の域だろうと、靖二は素人ながら思った。

サバと芋で作るミルフィーユは、この店の顔だと涼は教えてくれた。

「何十年も？」

聞き返す靖二に涼は続けて、

「それは決して時を止めている訳でも、退化している訳でもないんだ。シェフは毎回違うサバに向かいあい、お客様の顔を想像しながら改良してきているる気がするんだよ。前回食った時より更においしいって思うから」

同じ料理人として尊敬すると言っていた。

レストランというものは美味しいと言って頼んでもらえない料理は廃れていく運命を持っている。

つまり何十年も続くルセットは、これをオーダーしつづけたお客様がいるという事だ。

「感動っていうのはな、相互作用なんだ。それが伝統だよ靖二」

東京にいるのなら、この店は必ず行くべきだと、連れてきた涼の気持ちが靖二はよく分かった。

メインが運ばれてきた。パイ包みのパイが真っ黒で靖二はちょっとびっくりしたが、ナイフを入れた瞬間の鮮烈な音。焦げた匂いの全くしないパイ。マジックか？

「前に、涼が音がおいしいって言っていた意味が、実感出来た気がするよ」

「経験に勝るものはないからな」

「デザートにしてもよろしいですか」

メートル・ドテルに、からかうように言われている涼を、靖二は不思議そうに見た。

以前お代わりをしたんだと、恥ずかしそうに答えてくれた。

「お代わり？」

「もういいだろう。デザートにして下さい」

メートル・ドテルはかしこまりましたと下がっていった。

デザートのお皿にキラキラしたシャーベットがのっている。

中身を聞いた時、あまりにビックリして靖二は聞き直してしまった。

「魔法使いかなんかなの？」

涼もメートル・ドテルの方も「本当に」と笑っていた。

「靖二、食ってみなって。論より証拠だ。野菜の認識がひっくり返るぜ」

口の中には玉ねぎが全ての短所を剥ぎ取って、残ったものは優しく・甘く・静かな……。なんだろう。

「サン・ピエトロ寺院でピエタを見た時の様なそんな気持ち」

「どんな気持ちだよ」

最速で突っ込まれた。

「最高に幸せな気持ちって事です」

二十六歳の誕生日は生まれてきて一番幸せな誕生日だった。

「ごちそうさまでした」

二人はシェフの城を後にした。

帰りのタクシーの中で靖二は素朴な疑問を涼に投げかけた。

「なんであんな素敵な人が店にいるのに、途中新人の料理人がお料理運んできたの」

「あーあれか。あの店はな、修業中の料理人をあえてお店に出すんだよ。客の顔が見えると仕込みに手を抜けなくなるんだって。悠も同じ事を聞いていたよ。俺たちが食べた今日の料理もこの仕組みの上に成り立っているんだろう」

この店は二号店を出さない。恐らく引退する時は店をたたんでしまうかもしれない。

「まだまだじゃないか。まだ若いよ」

「靖二、一流のコックっていうのはな……全力でうまいもんを作るんだ。シェフはそのぶれない軸の上に立っている。お店の中で若い料理人と皿を交え、新しい技術や感性に刺激を受けるのさ。好奇心を失ったら恐らくそれが潮時なんだろう。出来れば百歳まで厨房に立っていて欲しいもんだ」

「戦いたいの？」

「ああ、引退したらアッロロに飯食いに来てもらいたいからな。今は戦うには俺がまだまだ発展途上だぜ」

三枝涼、世界でも指折りの一流の料理人なのは誰でも知っている。それでもなお、渇きを癒す様に高みに上っていく。

「すごいやつに惚れちゃった」

窓を開け一陣の風が車内に吹き込む。

「なんか言ったか？」

少し大きな声で叫ぶ涼に、

「なーんでもない」

と靖二は返した。

俺は立ち止まらん。俺が欲しいなら上がってこい。

靖二は涼にそう言われた気がした。

「待っててよ……」

風の音にかき消された声は、靖二の小さな決意だった。

離れる日まで

銀座の一等地にそびえ立つ、シックで重厚な造りが売りのリストランテ・アッズーロ。アッローロとは関係なくやるという約束を取り付けたにもかかわらず、結局姉妹店としてオープンしたこの店は、三枝涼の故郷、アマルフィの港から少し行ったところにあるエメラルドの洞窟をイメージしていた。

店内は大きな水槽で四方が囲まれていて、その中には沢山の魚たちが泳いでいる。広いスペースのわりに席は多くなく、ゆったりとくつろげるように作られていた。羽柴の財力なくしては到底ありえない造りだ。

銀座の一等地にありながら客単価一万円ちょっとという破格の値段は、ちょっと背伸びをすれば若者でも手が届く。ワインもグラスでいくつか揃える。ボトルオンリーだと、あと五千円単価が跳ね上がるからというのが理由だ。

残ったらどうするんだとソムリエに言われた事もあった。

「美味しいうちに料理に変えればいいじゃねぇか」

至極簡単な発想だったのだが、涼ではワインの知識が足りなくて、どうにも説得しきれない。

どうするか悩んでいたら靖二がこう言った。

「なんで反対されるって思わなかったの？」

「なんで？　考えもしなかったから分かんねーよ」

「だからそれが答えなんじゃないの？」

黙っていた涼の顔を覗き込み靖二は続けた。

「だからさ、アマルフィのアッローロだったら反対されないから想像もつかなかったんだよ。それってさ、誰がいるからなの？」

当たり前に涼の事を考えてくれていた、悠の顔が浮かんだ。

国際電話をかけ、面倒くさい説得を丸投げし、七時間の時差もフル無視した涼に悠は、

「こんな時ばっかり頼りやがって」

と文句を言ったけれど、でも決して嫌だとは言わなかった。

銀座のシェフはベネズエラからオズワルドを呼んだ。説得には約一年かかったが、エンダーが折れてくれたら、あとはとんとん拍子。ただその時エンダーが出した条件が、アマルフィにある涼の店、アッローロの姉妹店だった訳だ。

アマルフィに靖二を連れて行く勇気もなければ、悠を捨て日本に残る勇気もない。そもそも自分の気持ちもいまいち分からないというのが、涼としては正直なところだ。涼は靖二をかわいいと思って

いる。幸せになって欲しいとも思っている。

ただ自分が幸せにしてやりたいのかというと、少しばかり迷っていた。

泣いても笑っても残り二週間だった。

飛行機のチケットは、もう取った。

涼が日本に来て、まもなく約束の二年がたとうとしていた。

◇

靖二のもとを涼が離れてしまうまで残り数日。

「ねぇ涼。今日夜遅くまでそっちにいていい？」

「どうした？」

ホットミルクを持ちながら靖二はソファーに歩み寄る。

「涼が来てもう二年だね」

靖二は涼の質問に答える気がないのか、自分の思いをぽつぽつと会話に乗せていく。

「昨日ね、マッサージ師の資格取れたんだよ。取れたらマッサージして良いって言ったよね」

「靖二……」

「帰るんだろ」

「……なんでそれ」

「分かってないなー」

「何がだ」

「僕がどれだけ涼の事を好きかだよ。それと自分の気持ちを、かな」

靖二は、くすくす笑う。

靖二をほんとにかわいいと思っている。

抱きしめて挿れたくて泣かせたい、そばにいてほしい。その思いは嘘ではない。それなのにどうしても最後の決断が出来ない。

銀座の店もエンダーを口説き、オズワルドを呼び寄せた。

日本に残り、靖二を選び、アッズーロを自分でやる選択肢だってあった。おそらくそれが、世界の頂点への一番の近道だ。

でも……捨てられなかった。

散々抱いてきた悠の寂しそうに笑う顔が、涼の脳裏に焼き付いていた。

「何時の飛行機で帰るの？」

「……十一時」

「もう、涼、何を悩んでるんだよ」

「…………」

「あと何日かはある。僕も出来る限りのアプローチをするさ」

さ、ベッドに横になって。僕のマッサージで気持ち良くしてあげる。と靖二が言う。

靖二のかわいらしさに、涼はつい顔がほころんでしまう。

「腰痛は職業病なんだ。なら頼んでいいか？」

今日は最初からそのつもりだったから、涼の部屋から昼間布団を引っ張り出して、陽に当てた。

「陽だまりの匂いだな」

涼はベッドに横になった。

「昨日、先生相手にみっちり練習したんだよ。では始めます」

変なアドリブに涼はつい笑った。

「もう臨場感が出ないだろ？」

「ごめんごめん」

靖二はマッサージ屋さんごっこをしたいらしい。

「しゃーねーな。付き合ってやるよ」

「こんにちは。担当させていただきます羽柴です。よろしくお願いいたします。お疲れのところはございますか？」

なんかかわいい子猫ちゃんが出てきた。

「今日はどこを中心にほぐされますか」

なかなかに堂に入ってる。

「アー、肩のあたりをお願いします」

とてもかわいい顔だった。一分一秒でも長く、涼の側に居たい。はっきりとそう伝わってきた。

この日を待っていたという様な幸せそうな顔をして、涼に触れる。

「では二時間コースで始めますね」

ゆっくりと手のひらで筋肉をほぐす様に押していく。決して力任せではないのに、リンパをしっかり流していた。吸い付くように肩から首にかけて温かな掌の温もりが涼に伝わる。

「力加減いかがですか？」

「ちょうどいいな。思ったより、力あんじゃねーか」

「指先もリンパマッサージをしてあげますね」

靖二は涼がウトウトしているのに気をよくしたのか、オイルを使ってマッサージを始めた。

「体が大きくて反対側が出来ないから跨いでいいですか？」

おい……と涼は靖二をちらりと見たが、気にする風でもなく、そのまま涼の尻に跨った。

「何か当たってんぞ」

無視をした。

「リンパ一気に流しますね」

靖二の中心は硬く反応していた。

「おっまえ、がおおおお」

「もームードぶち壊し」

靖二はぶつぶつ言っている。

「オイオイそれどころじゃないだろーが。抜いてやろうか？　して欲しかったんじゃないのかよ」

涼は靖二の事を愛している訳じゃないのに、未だに自分の気持ちが分からないダメ男だ。

「本気？」

どの口がそれを言うんだろうと靖二は苦笑した。

「しかも抱くじゃなくて、抜く……最低発言いただきました」

「んな事言ってもよ。そのままじゃ」

ちらりと靖二の下半身を見た。

「僕の事はいいから、肩マッサージしてるんだから黙ってて。だいたいお客さんはマッサージ師の股間に触りません」

「マッサージ師は客に勃起するのかよ」

「そういう人もいるんです。それにマッサージさせてくれる約束だろ。三枝涼って男は、約束をやぶ

郵便はがき

料金受取人払郵便

新宿局承認

2524

差出有効期間
2025年3月
31日まで
（切手不要）

160-8791

141

東京都新宿区新宿1－10－1
(株)文芸社
愛読者カード係 行

ふりがな お名前		明治 大正 昭和 平成 年生 歳
ふりがな ご住所	□□□-□□□□	性別 男・女

お電話 番号	(書籍ご注文の際に必要です)	ご職業	
E-mail			

ご購読雑誌(複数可)	ご購読新聞 新聞

最近読んでおもしろかった本や今後、とりあげてほしいテーマをお教えください。

ご自分の研究成果や経験、お考え等を出版してみたいというお気持ちはありますか。

ある　　ない　　内容・テーマ(　　　　　　　　)

現在完成した作品をお持ちですか。

ある　　ない　　ジャンル・原稿量(　　　　　　　　)

書　名			
お買上 書　店	都道　　　　市区 府県　　　　郡	書店名	書店
		ご購入日	年　　月　　日

本書をどこでお知りになりましたか?

1.書店店頭　2.知人にすすめられて　3.インターネット(サイト名　　　　)

4.DMハガキ　5.広告、記事を見て(新聞、雑誌名　　　　)

上の質問に関連して、ご購入の決め手となったのは?

1.タイトル　2.著者　3.内容　4.カバーデザイン　5.帯

その他ご自由にお書きください。

(　　　　)

本書についてのご意見、ご感想をお聞かせください。

①内容について

②カバー、タイトル、帯について

弊社Webサイトからもご意見、ご感想をお寄せいただけます。

ご協力ありがとうございました。

※お寄せいただいたご意見、ご感想は新聞広告等で匿名にて使わせていただくことがあります。

※お客様の個人情報は、小社からの連絡のみに使用します。社外に提供することは一切ありません。

■書籍のご注文は、お近くの書店または、ブックサービス(0120-29-9625)、セブンネットショッピング(http://7net.omni7.jp/)にお申し込み下さい。

るの？」

その言い方に、涼のプライドが刺激された。枕に顔をうずめると静かに背中を明け渡す。

「僕のマッサージ忘れないでね」

永遠のお別れみたいな事言ってんじゃねーよ。涼は感情を抑え、慣れないポーカーフェイスを貫いた。

「呼んでも出てきてくれないのか？　お抱えマッサージ師」

「えー、呼ばれればしょうがないから行ってあげるよ。一時間いくらにしようかなー」

「じゃあ呼んでやんよ」

「飛行機代もだよ」

靖二は努めて明るく振る舞った。

涼を落とすなら、あと二週間が期限だ。

（無理だな。気づいてしまった。

涼が本当に好きなのが誰なのか。

気づかなきゃ戦えたのに。

知らなきゃ、相手が泣いても平気だったのに……）

涼の部屋に入った時、大切に枕元に置いてあった写真を見付けた。何度もなぞったのだろう。それもカメラ目線の写真ではなく、寂しそうに綺麗に笑っていたそんな横顔だった。

靖二はあれから幾夜、枕を濡らした事だろう。

「ねえ涼、明日、江ノ島水族館に行かないか？　夜は外食じゃなく俺のご飯を食べてもらいたい」

「水族館？」

「うん。もう明日が最後だから、一回くらい健全なデートってやつしてみたい」

「構わんが、夕飯は何が食いたいんだ？」

「だから僕が作るんだってば！　何食べたい？」

「なら焼きおにぎりを作ってくれよ。旨い味噌汁でさ、日本食が良いな」

「オッケー」

靖二のたっての願いで、二人は水族館に魚を見に行く事になった。

魚は見るもんじゃなく食うもんだっていう涼の意見は今回は無視だ。

「ほら着くぞ。どっちから行くんだ？」

「イルカが見たい」

(きっと涼とイルカを見たのは俺だけだ。クラゲもアザラシもペンギンも……カワウソだって、涼の初めて俺が貰った)

「こっちこっちーイルカのショー始まっちゃうよー」

小腹が減ったからホットドッグでも買うか？　って言うからサンドイッチを出してあげた。

涼はびっくりして「作ってくれたのか？」ってうまいうまいって食べてくれた。

「作りたかったんだよ。ホントに何でもよかったんだ。ちょっとした事でも記憶に残したかった」

ペンギンの大行進を見た後、ショップでキーホルダーを見た。

「なんだ、なんか買うのか？」

「キーホルダーに好きな人の合鍵ついてたら最高に幸せじゃない？　重いかなー」

窺う様に言うと、涼は重くはないだろと、重さを調べている。

全然違うから！

その夜、靖二は焼きおにぎりを作った。涼のリクエストだ。味噌を何度も塗って香ばしく焼き上げて、カツオで出汁を引いて豆腐となめこの味噌汁も作る。

一緒に飲んだ味噌汁は本当においしくて、涼がいるだけで世界中から祝福を受けている様な気がした。

靖二は涼に最後のわがままを言った。

「抱いて」

覚えておこう。

あの人の手。

温もり。

靖二を気持ちよくさせる耳元で囁く声。全部焼き付けてしまおう。

ごめんなさい。

一度だけだから……そうしたら忘れるから……忘れる努力……するから。

靖二は悠に許しを請う様に目を閉じた。

戸惑う涼の唇に、半ば強引に吸い付いた。それに反応するように、絡み合う唇。舌を入れその感触を覚えるように食んだ。涼は髪に指を絡ませ「靖二」と何度も耳元で囁いた。唇を重ねながら、そのままぎゅっと抱きしめる。

日中はしゃぎ過ぎたのか、靖二を睡魔が襲った。

目をこすりながら、それでも抗うように頭を振った靖二は、眠りの底に落ちていった。

目が覚めた時にはカーテンの隙間からしっかりと日が入り、時計は十二時を指していた。ベッドはとっくに冷たくて、靖二は涙が溢れて止まらなかった。

サイドテーブルに残されていた小さなメモ帳、そこにはたった一言、

――大切なものは本当に好きなやつにとっておけ――

「馬鹿。好きな奴なんてあんた以外に誰がいるんだよ」

独り言は、空気に吸い込まれるように消えた。

今頃、はるか上空にいるだろうあの人に想いを寄せて、勢いよくカーテンを開けた。

――差し込む光は、僕にとってどんな意味を持つんだろう。

第四章　ライラックの奇跡

涼と悠

「ナポリに帰って来たんだな」

涼はカポディキーノ国際空港に降り立ち、大きく息を吸い込んだ。辺りを見回すと、遠くに懐かしい男が立っているのを見つけた。

「来るなら来るって言やーいいのに」

ブラックに赤のステッチが入ったスキニーパンツに、クールグレイのチェスターコートを着て、中には開襟の黒シャツを合わせ、その中に上質なタートルネックを着ている。

いつ見ても悠はかっこいい。

周りの注目を浴びるように、殊更大きな声で名前を呼んだ。

「悠」

「声でかいよ。涼」

恥ずかしそうに顔を背ける悠に、懲りない涼は更に大きな声で叫んだ。

「ただいまー」

しょうがねーやつだなと、目の前で叫ぶ男を見た。涼の嬉しそうな弾む声は、悠の頑なな気持ちも溶かしていった。

「お帰り」

涼と会うのは二年ぶりだ。嬉しくない訳がない。しかし悠は努めて面倒くさそうに言った。

「ほら荷物、寄越せよ。二年間、殆ど音沙汰なしとか随分じゃないか。向こうでお盛んだった？」

自分がメールの返事をしなかった事など、悠は軽く無視をした。涼も一瞬止まったものの、それについては触れなかった。

涼は大きなキャリーケースを二つ引いていたが、悠は敢えて土産だけ持ってやった。

「やる事も多くてな。オズワルドの引き抜きとか」

「オズワルドを抜くならエンダー落とせば一発だったろ」

「アー、まーな」

「まさかしたの？」

ん？　何やら、後ろめたいにおいがした。

「……一度だけ」

涼は頭をポリポリ掻いて、でもな、と何やら言いづらそうだ。

「なんかな、色々違う訳だよ」

「何が」

感度とか……という涼の発言にドン引きした悠は、

「誰と比べてるの？　一応聞いてやるよ」

涼は悠の顔をちらりと見ると悠を指さした。

「あの坊ちゃんにばれたら大変なんじゃないのか？」

涼の態度が煮え切らない。

もしかして、と悠は思った。

一つの可能性が浮かぶ。ただのセフレの立場としては、喜んではいけない。

「何まさか、恋人にしてきてない訳？」

悠は呆れて二の句が継げない。何しに行ったんだ、こいつ。

「デートはしたし、抱いてってのも言われたんだよ。昨日の夜」

「で」

「ちょっと自分の気持ちに自信が持てなくて、大切な人にとっておけよってメモを残して帰って来たさ」

恋人を作ってきたらセフレとしても終了って思っていたから、悠としては靖二とそうならなかった事がありがたい。

体の相性は抜群なんだ。実は好きだなんて絶対にばらしてやるもんか！

「ただの馬鹿だな」

涼は悠の運転でアマルフィまで帰った。空いていたら結構飛ばせるし海沿いは気分がいい。

家に着いて荷物を置いたら懐かしい匂いに安心したのか眠気が襲ってきた。

「疲れてんだろ。先にシャワー浴びて来いよ」

バカのために悠も風呂場で後ろの準備をした。


出て行くと既に涼はベッドにいて、捕食する目の色で悠を押し倒してきた。

「落ち着けよ」

首に吸い付きマーキングするように強く吸った。

「涼、見える所に痕なんか付けんじゃねー」

あちこちが既に涼の為に出来ている身体。

「見えなきゃいいんだな」

低く唸る獣の様な涼の一物を、悠の小さな蕾の奥に深く突き刺した。

指じゃ届かないその場所に、当ててほしくて尻を振る俺も、大概だと悠は自嘲する。

乳首一つ弄られるだけで簡単にイケる様になっているこの体に、涼の知らないところなんかあるは

ずもなく……。

二年ぶりの交わりに簡単に落ちていく。

涼のでかい一物を握るだけで悠は中が疼くし、咥えただけで挿れてほしくて仕方がなくなる。

「んー、りょ……涼……」

「ここか……ほら……中がヒクヒクしてるよ。ちょっと狭いな。なんだ本当に我慢していたのか」

「人を尻軽みたいに言ってんじゃねー、うるさいよ」

「うるさくはないだろう」

唇をチロチロと舐めてやると、かわいい舌がとがってくる。涼はそれに食いつき苦しそうにする悠を久しぶりに堪能した。

「誰としてても関係ないだろ」

「まだ言えるのか。してないくせに」

枕に顔を押し付けられてケツを上げさせられる。自分の手で広げる様に命令された悠は羞恥より歓喜が勝った。


ただのセフレだ。

少なくとも涼はそう思っている。

それでいい。心も持っていかれた恋人が出来るまで、涼の体は俺のものだ。

それまでは誰にもやらない。
初めて体を繋げたのは十八の時。
それから俺は、涼、お前としかしていない。
十歳の夏のあの日から、俺はお前を愛しているんだ。
でも誰も知らなくていい。お前すら……知る必要はない。
お前に本気の相手が出来たら、いつでも潔く身を引いてやるよ。

雨宮朱璃の息子だぞ。
そのくらい出来なくてどうするよ。
てめえの惚れた男の、本気の幸せ、見届けてやる。

ただ……もしそれが……俺なら、そんな極上の夢を見続けているだけさ。

◇

「シェフ！　シェフ！」
大喜びの番犬は相変わらず色素の薄いクリックリの髪の毛をして、二十三になってもイタリア随一のファニーフェイスの名を欲しいままにしている。

「おかえりなさい」

「おー、店よく守ってくれていたじゃないか」

泰河は、喉が渇いたとアクションを起こす涼に、お得意のコーヒーを丁寧に落としていった。

「悠さんも飲みますよね」

相変わらずの弾んだ声。

「ああ。いただこう」

泰河がじっと見てくる。

「なんだい？」

「悠さん今日すっごく肌艶いいですね！　綺麗ですよ。それになんだか嬉しそう」

「肌艶だとよ。俺のせいではないぞ。お前の感度が良いのが悪い」

「涼、黙れ！　さっさとバレンタイン用のコース料理決めようぜ」


今日は店休日を利用して泰河の新しい料理の試作に乗り出した。

「泰河、何作るんだ」

「グラサージュをかけたチョコレートとバニラのムースの中に、オレンジの層を仕込みたいんです。でもちょっと何かしっくりこなくて」

「試作は出来ているのか?」

「一応出来てはいるんですけど、オレンジの層を何で入れ込むか決めかねていて、どうしましょうか」

「とりあえずグラサージュかけてみろよ」

それを短時間、冷凍庫で冷やした。

悠が切り分けて三人で食べた。

「悩むんです。どうしてもここがうまくいかない」

泰河はオレンジの層を、すくうようにその箇所をフォークの腹に乗せる。

「日にちはねーなー」

腕組みした三枝はおもむろにキッチンに立つと、藤の籠の中からブリオッシュを持ってきた。

「ブリオッシュ?」

悠はクエスチョンを投げかけた。

「ああ。さっきのも旨いんだけどな。少し何かが余分な気がする」

「確かにね」

悠も頷いた。

「バニラムースがせっかくのオレンジの層を邪魔している気がするんだよ」

でも全部チョコじゃ重いぜ? そう言う悠に、

「勿論、だから同じ香りでもバニラの様な甘ったるい香りではなくて、エスプレッソの香りで組み合わせてみたらどうだろう。泰河、もう一度試作し直してくれるか？」

「分かりました。ただバレンタインのコースには間に合わないですよね」

コースに自分のドルチェを組み込むのは初めてで、ワクワクしていたのだろう。ちょっとしょげている泰河に、涼はぶっきらぼうに言った。

「だからブリオッシュだよ」

「どういう事だ？　確かにブリオッシュは泰河の十八番だし、うちのブリオッシュは全部泰河が作っているけれど、それではドルチェにはならないぞ」

「お前、覚えてないか？　悠の誕生日に腹いっぱいだっつってんのに、いいから食ってくれっつって」

「ブリオッシュプリンですね」

「あー、ブリオッシュのマンゴーの奴だ」

「ご名答！」

涼が指を鳴らした。

「あれ泰河のレシピだろ。更にアレンジすりゃぁいいんだよ」

「泰河はカスタードをたくのがうめぇんだから、普通の果物のカスタードタルトとかだとちょっと面白くねぇーよ。ブリオッシュは、あえて食感のあるものを一緒に焼き込んで、それをリキュールに漬け込んだらどうだ」

悠もアイディアが湧くのか、キッチンから大きな瓶を持ってきた。

「無花果やあんず・マンゴーなんかで試してみたら？」

ドライフルーツの瓶だった。

二月七日から十四日までアマルフィは町中でバレンタインフェアだから、アッローロもご多分にもれず同じ様にコースを組んでいる。


夜中まで色々頑張る泰河は、涼がお腹いっぱいってなるまで試作品を次から次へと持ってくる。

ん？　と口に含んだフォークを咥えたまま涼は目を大きく見開いた。

「これ旨い！　おい泰河、これ凄い良いじゃねぇか」

「そうでしょ？　詰め将棋の要領でレシピ作ってみたんですよ」

「詰め将棋？」

涼には泰河の言っている意味が解らず、オウム返しだ。

「どうせ涼は考えてもわからないよ。余計な事に頭使っていないでお前は純粋に舌で考えろ」

悠の涼に対する塩対応は相変わらずで、何度も喧嘩になるんじゃないかと、周りのスタッフはいつもハラハラしていた。

「随分頑張ってたからな。俺にも一切れ切ってくれよ」

「うん！　待ってて、すぐ切ってくる」

泰河はキッチンに慌てて戻ると、結構厚めに切ってきたもんだから、悠はつい笑ってしまった。

「悠さん、そんな笑わないでも良いじゃないですか。だって……」

「美味しく出来たから食べて欲しかったんだよな」

涼がさりげなくフォローした。

「こうしたらこうなって、そしたらこう感じる、だからこっちをチョイス、そうしたらきっとこれが欲しくなるからこれを足す。みたいに考えてみたのか」

「うん。想像ってかなり役に立つって最近気がついて、これも実は悠さんのハープに影響されているんだよ」

「俺の？」

どうやら泰河の脳波が悠のハープに共鳴するようで、煮詰まるとストリーミング再生で音源を流すのだそうだ。

「色々試してドライフルーツのあんずもかなり捨てがたかったけれど、バレンタインフェアだからって悠さんの意見を取り入れて、タルトタタンの様に大きめに切ったリンゴを食感が残るように甘く煮て、間に入れ込んでプリン液で仕上げる事にした」

バレンタインフェアのメニューも概ね完成し、大詰めだ。

「申し訳ございません。その日は満席で……」

電話が鳴る度に謝罪の声が聞こえる。いつなら空いているかっていう問い合わせもあって、どんどん埋まっていく。三枝涼、待望の帰還とニュースが流れたもんだから、我こそはと、予約が入る。

「唯一の空いていた八日も今のお電話で埋まりました」

レストランの従業員は総勢十五名、そのほとんどが独り身だ。

それなのに……恋人たちが想いを告げるその日に休みを申請するスタッフは一人もいなくて、おかげで店は大助かりだった。

「プロポーズしたいスタッフとかいないのか」

自分のプロポーズよりお客様の成功ですよ。そんな事を言うスタッフに悠は、

「振られても知らないぞ?」

と笑っていた。

「悠さん、俺たちにとっては恋人は、この店のお客様です。ここで思いを告げたいと思ってくださる方がたった一人でもいらっしゃるなら、僕たちはそのお手伝いをするだけですよ。それに僕たちの未来のパートナーは、そんな僕たちを誇りに思ってくれていますから」

ありがたい……。

「余分に泰河がケーキを焼いてくれるから、当日はそれを持って帰ってくれよ」

皆はやったー！　と大きな声を上げて喜んだ。

この店、トラットリア・アッローロで働くスタッフは、独学で学んだ者がほとんどで、涼も勿論そ

の一人だ。

そして世界トップレベルまで上り詰めたこの男に憧れて、ここに来る者はとても多く、中には裕福ではない者もいるため、寮の様なものが完備されている。

泰河が初めてこの寮にお世話になった時、古参の料理人から聞いた話は、今でも彼の作るものに大きく影響している。

「なぁ若いの、色彩感覚というものはな、味覚・視覚と同じか、もしくはそれ以上に大切なのだと、シェフは悠君に教えられたそうだ。

寮に沢山の素晴らしい画集が置いてあるのは、彼らが一生懸命稼いだお金で、俺たちの様な、情熱しかない料理人やカメリエーレの為に集めてくれたからさ。

色彩の魔術師と呼ばれたアンリ・マティスは勿論の事、クロード・モネやピーター・ポール・ルーベンス、ラファエロ・サンティの画集やポストカードの類い等、みんなが集まるその場所でのみ見る事が許されているのは、ディスカッションを大切に考える悠さんの意見が取り入れられているからだと、俺たちは知っている。

お前さんもここに来たからにはその恩恵に与っているのだから、沢山のコミュニケーションを取って感性を磨くのだぞ」

この言葉があったから今の自分がいる。シェフや悠さんにドルチェの一品を託してもらえるのは、既に自分の店を持って巣立っていった、かつての先輩がいたからだと、泰河は感謝の気持ちでいっぱいだった。

「今回のメニューだ」

涼が作ったメニュー表のドルチェを見て、悠はにこりと微笑んだ。

ストゥッツィキーノ（突き出し）

♡キャベツのムース

前菜から二品チョイス

♡カプリ風サラダ

♡アッローロ風カルパッチョ〜マヨネーズソース〜

♡タルトゥーラ（玉ねぎのフラン）

プリモピアットから一品チョイス

♡茄子のラヴィオリ、バターソース

♡紫アスパラとペコロスのシャンパンリゾット

魚料理
♡ラヴァレッロの白ワイン煮

肉料理から一品チョイス
♡ウサギのオーブン焼き、バジリコとオリーブ風味
♡スペアリブのマーマレードロースト
♡牛フィレ肉のステーキ、ドフィノワ添え、カロンセギュールのソース

バレンタインドルチェ
♡アダムとイブのブリオッシュプディング・アッラ・シノノメ

一息ついた泰河に、外で飲むワインは格別だと、悠はグラスに白ワインを入れて持ってきてくれ、「飲もうぜ、お疲れ様」と泰河の肩を擦ってくれた。興奮で火照った心に二月の空気が心地よく、ワインを飲みながら出来上がったメニューを見て、泰河は驚いた。

「あの、ドルチェチョイスにしないんですか？」

「あんなに旨いもん作ってチョイスもねーだろ」

「そうだよ、泰河。だからアダムとイブって名前つけたんだからね、禁断の果実入りさ」

そよそよと風が吹く。

風まで良かったねって言っているようで、泰河はまだまだ未熟ながら、シェフや悠に出会えた事を感謝した。


その後、でもさ……と悠の歯切れの悪い声が続いて、この後喧嘩に突入するなんて誰も考えてはいなかった。

悠はこの♡が気に食わないらしい。♠のがかっこいいし、ドルチェだけ♥にすればいいのにと言って、涼は涼で、バレンタインなんだから♡でいいじゃないかって譲らない。

人の気持ちなんか分からないくせにって悠が啖呵を切ったもんだから、結局悠が勝った感じになった。

スタッフは誰も何も言わない。悠本人がそれでいいって思っているから……、誰も気づかないで欲しいって……思っているから。

だから古参のスタッフもシェフに忠告する人はいないけれど、でもそれで悲しい思いするのは、絶対に悠なのにと泰河たちは思っていた。

悠の事が大好きな泰河たちは、このひた隠しにしている彼の恋が叶えばいいと、願わずにはいられなかった。

運命だったらいいのに。

東京の靖二

十二月〇日、日曜日。

涼がアマルフィに帰ってしまって十一ヶ月がたった。

僕は諦めたつもりなのに、結局スカイプをしてもらう事になった。自分から言い出したものの、なんで良いって言ってくれたのか分からない。

世間はクリスマスムード一色。

恋人じゃなくても、せっかくのクリスマスだし、プレゼントはあげたい……し……出来れば貰いたい。

実は一週間前、涼と喧嘩をした。ほんとに些細な喧嘩。何でも一人で抱え込む僕に、

「なら俺なんかいらねーだろ！」

と涼が怒鳴って、

「涼だって僕なんか本当は邪魔なくせに！」

ってただの喧嘩。売り言葉に買い言葉だ。

「勝手にしろ」

……とうとう涼がキレた。

ついでにスカイプも切られてしまい、真っ黒くなった画面を呆然と見つめ、僕は泣きたくなった。

いったい何してるんだろう。

勿論仲直りしたいし、出来ればクリスマスは一緒に笑いたい。

アマルフィの涼

実は一週間前、靖二とケンカをした。ほんとに些細なケンカ。何でも一人で抱え込みやがって、

「なら俺なんかいらねーだろ！」

ついイラついて怒鳴っちまって、

「涼だって僕なんか邪魔なくせに！」

って珍しく靖二が怒鳴り返す。ただのケンカ。

売り言葉に買い言葉だ。

「勝手にしろ」

……言っちゃいけないセリフを、大人げない俺はあいつにぶつけて、ついでに指が勝手にスカイプ

を切っちまった。

真っ黒い画面を見て自己嫌悪に陥る俺を、悠は呆れて見ていた。

恋人ではないけれど、出来ればクリスマスは会いに来てもらいてーな。

あれをきっかけに俺はプレゼントを決めた。きっと俺たちの事だ、まだまだケンカもするだろうし、そんな時にきっと、これが二人の『鎹《かすがい》』になってくれるはずだから。

「この店アレックスのなのか？」

「ああ、革小物が売りでね。で何、お揃いにして付加価値つけたくて探していた訳？」

偶然に見つけた小物の店は友達の店だった。

「まぁな。仲直りには必須だろう。特別ってやつ」

「ふーん。誰にあげんの？」

アレックスは覗き込む様に俺の顔を見た。

「顔近《ちけ》ぇ。靖二だよ」

アレックスは知らない名前を聞いて、腑に落ちない顔をしていた。

「何だ、やっと気がついたのかと思ったのに」

何を言われているか、イマイチピンとこなかったけれど、俺はあいつの言葉を流し、暇を見つけちゃアレックスのもとに通い、何とかお揃いのキーホルダーを作るまでに至った。

靖二によく似合うだろうと、色は綺麗なスカイブルーにした。

俺の分は、靖二の色に合わせてグレイにレッドを重ねてみた。

こんな物にすがるくらい、あいつを好きかもしれないと思っている自分にちょっと引いたし、首輪つけてぇな、とか思ってるなんて俺も大概女々しいと思った。

好きだ。愛している。靖二が頻繁に使うこの言葉を、これほど望む理由も、俺にとって何故これほど重いのかも、この時はまだわかってはいなかった。

毎日スカイプが鳴る。日本は午後の三時。アマルフィは朝の八時だ。それなら起きていると思うんだろう。でも元来ワーカホリックの俺は店に泊まり込むことも多く、悠の部屋で朝を迎えちまう事もよくあったから、何日かスカイプに出れないなんて割とざらだ。

悠は抱き枕としては最高に気持ちがいい。

関係は幼馴染み・同僚・そしてセフレ。

「携帯光ってるよ。涼」

悠が俺の腕枕の中、薄目を開け言った。

「携帯？」

メールだ。

「やべー」

「あーあ、知らないよ。可哀想に」

悠はベッドから起き上がると、全裸にシャツを羽織った。

俺はすぐにスカイプを鳴らした。目の前にいたんだろう。

「もしもし、涼？」

涙声だ……。

「わりー」

「もういらなくなった？」

「ちげーよ。んな訳ねーだろ」

俺は何て言っていいのか分からずに、ちらりと悠に助けを求めた。これがいけなかったなんて俺は気がついていなかったんだ。

「そこに誰かいるの？」

シャツ一枚でしどけないかっこをしている悠が、靖二の目に飛び込んできた。

「悠だよ」

何とはなしに悠の手を引いてスカイプの前まで連れて来た瞬間、スカイプは終了した。というか切られた……。

「アハハハハハハハ」

一部始終を見ていた悠は大爆笑だ。

慌ててかけ直しても繋がらない。仕事には行かなきゃいけねーし、なんなんだよ！

意味分かんねぇ。

「ほらさっさと仕事行くぞ」

悠はつかつか歩いて行っちまった。

「なあ待てってば！　悠。なんであいつが怒ったのか分かるか？」

「むしろなんで分かんないのか不思議だよ」

呆れて小首をかしげて見ている悠に、

「分かんねーもんは分かんねーって」

とふてくされた。

「女心の分かんねー奴」

「あいつ男だぜ」

「そういう事じゃないんだよ」

俺たちはオープンの準備にかかった。

仕事が始まっちまえば朝のことなんか忘れちまうし、気がついた時には深夜になっていた。

「今、日本は何時だ？」

「朝の六時くらいだろ。さっさとかけろよ。俺、自分の部屋に行ってるから」

「別にいても構わないぞ？」

「だからそれが原因なんだってー！」

悠は呆れた声で言った。

「どういう意味だ？」

大きなため息を吐き、悠はソファーに腰かける。

「あれは嫉妬だよ」

「嫉妬？」

「そっ、やきもちってやつだ」

「ちょっと聞くが誰にだ？」

「俺だバカ」

…………………………。

「はぁぁぁぁぁ？」

「思い出してみろよ」

「何を？」

朝の格好だと言われ、俺はおぼろげな記憶を手繰り寄せた。

「まさか……あいつ俺と悠の関係を誤解してるのか」

「関係はあるよな。誤解ではないだろ。無実みたいになってんぞ」

悠が体についた綺麗な薔薇の様な跡を見せ、笑っている。

「なんだ、凄いな。誰につけられたんだ？」

俺は自分でつけておいてえらい言い草だ。

「誰だろなぁ」

悠に軽く流された。

「なぁ、悠。俺、お前に恋愛感情とかないよな……多分」

「知らないよ。多分ってなんだ」

悠は冷めた目で俺を見た。

「だって、俺たちの感情は家族のそれだろ。それにちょっと体の関係がついている。違うのか？」

その時の、悠の少し諦めた様な顔が気になったが、元来鈍感な俺は、気のせいだと流してしまった。

「まあ、ただ挿れたり、挿れられたりの関係だよ」

悠はバッサリと切り捨てた。

「悠、ずいぶんあけすけに物言うじゃないか」

俺はと言えば、さっさと靖二に連絡すればいいものを、何となく悠のそばから離れたくなかった。

なぁ、靖二はゲイなのか？　悠が聞いてきた。

「知らないな。お前はどう思う？」

悠が何やら言いたげだ。

「なんだよ」

悠が重い口を開いた。

「なんで手を出してこなかったんだ？」

——なんでセックスしてこなかったんだって意味だよな。

「こっちに帰ってこないで銀座に残る選択肢は、やっぱなくてな」

「なんで？　本店だから？」

「いや、んなんじゃなくてさー、お前がいるじゃん」

冗談めいた感じじゃなくて、すごく真っ直ぐに俺は悠にそう言った。

「そしたらよ。簡単に手とか出せねーじゃん」

少しばかり目が大きく見開かれた。わずかに嬉しそうな、そしてすごく寂しそうな眼差しで、何かをじっくりと考えていたようだったが、すぐにいつもの冷静な悠に戻っていった。

「馬鹿か？　エンダーの口癖が移っちまうよ」

さっさとスカイプ繋げてこい。絶対に待っているから。

悠にそう言われ、俺は自室に籠もる事にした。

「pururururu」

「…………」

繋がっている。

「靖二」

最大限出来うる限りの甘い声で名前を呼んだ。

「ごめんなさい。明日も仕事なのに」

「いや今日悠に言われたんだ」

(悠……この名前一つで怖くなる)

靖二の指がスカイプを切ろうと動いたのが見えた。

「逃げてんじゃねーぞ。なあ靖二、お前は俺が好きなのか?」

靖二は何も言わない。それでも俺は続ける。

「俺はお前が好きなんだ」

(あなたが好きなのは僕じゃない)

「愛しているよ」

「嘘ばっかり」

「嘘じゃない。羽柴を継ぐかって話を貰う前から、きっと心の深い部分で俺はお前が好きだった。お前から俺のところに来てくれればって思っていたよ」

「だって」

誤解

「悠との事を誤解しているんじゃないかって、あいつ言っていたぜ」

「だって二人は両思いだと思ってて」

あんなもの持っているし、と靖二は小さくなっていく。

「あんなもの？」

「前に涼の部屋で写真見つけたんだよ」

悠の写真に身に覚えはないが、こっちならあるな、涼はズボンのポケットから一枚の写真を出した。

「これか？」

（ほら、やっぱり悠さんの写真肌身離さず……）

「これ、お前だぞ」

（今、なんて言った？）

「ごめん、何を言われたのか分からない」

靖二は思考が停止した自分を俯瞰する様に見つめた。

「これだろ」

スカイプの画面にでかでかと押し付けられたあの写真。

「ほら悠さんじゃないか」

「そっちじゃない、こっちだ」

涼が指さした。悠のはるか先で空を見上げている小さな少年。

「そう、あの日の写真だよ。お前の写真それしかなくて。これ、エマが撮った写真なんだ」

「分からないよ。そんなの。悠さんのほうが大きく写ってたから僕絶対そうだと思ってたし」

「愛しているよ」

涼は囁く様に大切な言葉を紡いだ。

◇

『ピンポーン』

インターホンだ。階段を上がってくる足音がする。ノックの音がした。

靖二はスカイプの涼に断って扉まで行くと、佐伯が何かを抱えて立っていた。

「靖二様にお荷物でございます」

荷物？　差出人を見ると涼からだった。

「涼？」

靖二はスカイプの方を振り返り、首をかしげた。

「届いたか。開けてみろ」

「なにこれ」

「良いから……早く」

袋から取り出して中身を空ける。

チャリーン
「やんよ」

涼が送って寄越した小さな銀の物体は……遠距離恋愛の必須アイテムだった。

「いつでも来い」

靖二はその場に崩れ落ちた。

(あの写真、涼は僕を見てると言った。
嬉しかったよ……。
でも、あなたは気が付いていないんだね……。
擦り切れるほど、あなたが無意識になぞっていたのは、僕じゃなくて、悠さんだよ。
自分の気持ちに気が付いていないなら……、もうそのまま気が付かないで。
あなたの一番が僕じゃなくても構わない。
悠さんの代わりでも、二番目でも……もう、何でもいいよ。
涼が僕を愛してるって言ってくれるなら……。
悠さん、あなたが涼を要らないなら……僕に頂戴)
涼がキーホルダーに付けた合鍵をくれてから、もう半年以上たつ。

使う機会はなかったけれど、あれがあったから会えなくても我慢出来た。


「貴方が来るなんて珍しいわね」

僕は母さんの部屋を訪ねていた。

「お父様が心配していらしたわよ。最近元気がないって」

「その事なんだけど、僕イタリアに行こうと思っているんだ」

「三枝君かしら。あなたの人生よ。思うままに生きなさい」

「ありがとう」

頑張れ靖二！　僕は自分にはっぱをかけた。

もう一つ言わなきゃいけない事があるだろ。確かめなきゃいけない事が。

「僕、母さんにお願いがあるんだ」

「私に？　お父様ではなくて？」

「母さんにしか出来ないんだ」

これは僕たちの贖罪……。

母さんは絵を描く手を止め、僕の方に振り向いた。

僕は小さな時からひとりぼっちで、この屋敷の中を散策するのが好きだった。好きっていうのとも違うか……それしか遊ぶ事がなかったから、だからこの部屋にもよく来ていた。

「母さんが絵を描くこの部屋は、僕の大好きな部屋だった」

「そうね」

母さんが描く絵はどれもとても素敵で、綺麗な風景画が沢山ある。

「なんで風景画しか描かないの？」

「お花も描くわよ」

「静物画？」

部屋にEmma Wallaceがかかっている。

母さんの好きなジャズだ……。

これを聴いていると優しい気持ちになる……。今から酷い事を言おうとしているのに。

「人物画は描かないと決めているの」

息を吸い、息を吐く。普通にできるただの呼吸が、今はとても苦しい。

「嘘だ。だってあるよね、人物画……。僕、小さな頃一度だけ見た事があるんだ」

「知っていたの？　そうね。でも突然なぁに」

大きな隠し事を明かすのは息が詰まるほど苦しい。

呑み込んできたものが大きい分、吐き出すのも容易ではない。今までだってチャンスはあった。ただ、母さんの悲しむ顔が見たくなくて、何十年も黙ってきただけだ。

「突然ではないよ。聞きたいとずっと思っていた」

「綺麗な背の高い女性と小さな男の子が公園にいる絵、あれは分かっていて描いたんだよね」

「ええ」

「知ってる人だよね」

「そうね」

冷静に話そうと思っていたのに、話し始めたらぐちゃぐちゃした感情が湧き上がってしまう。

「なんで……なんで父さんの事を盗ろうって思ったの？」

「だって、靖二……」

「だってじゃない。最低だよ」

ダメだ。こんな言い方しちゃだめだ。

「別に父さんじゃなくてもよかったじゃないか。父さんには好きな人がいたじゃないか」

「仕方がないじゃない」

初めて見た母さんの涙。

尋常じゃない靖二の叫び声に佐伯が慌てて上がってくる。

「靖二様、少し落ち着いてください」

「佐伯は関係ない。落ち着いているよ。黙っていてくれないか」

俺に黙れと言われては、佐伯は黙るしかない。

「旦那様に連絡を。恐らくこのお時間は銀座のお店です。今日はプレオープンのミーティングをしているはずですから」

家のものが慌てて連絡をしに行った。

「あの人に何を言ったの。どうせなんか言ったんだろう」

「お金を渡しただけよ」

畳みかけるように詰め寄る靖二に、母の寧は泣きそうな顔をした。

「汚いよ」

靖二の罵倒は止まらない。

「かなりの額よ。どこでだって生きていける。羽柴を継ぐには身分が違いすぎたわ。どうせうまくいかなかったわよ」

「すごい事言うんだな。聖母みたいな顔して随分な事……」

「靖二様、言いすぎです。それに奥様がお金を渡した訳ではありません」

「うるさいな」

旦那様はまだかと、使用人たちは慌てていた。

僕は佐伯を睨み付ける。

「黙っていろって言っただろ。余計な事はやめろ」

「やめません」

普段物静かな佐伯が、頑として譲らない。

「佐伯……」

「奥様が悪いわけでは……」

「いいの……」

……なかったのよ。と寧は息をついた。

「私は幸一さんがずっと好きだったの。小さな頃から、お前は羽柴の嫁になるのだと言って躾けられたわ。普通の女の子の様におしゃれをして遊んだり恋をしたりは出来なかった。私には幸一さんだけだったのよ」

「だから邪魔したのかよ」

と靖二は詰め寄った。

「だから何度も言っているではないですか。奥様は邪魔などしていない」

伝えるべき言葉

右手の拳が机をたたく。割れんばかりの勢いだ。佐伯は寧の制止を振り切って、

「あなたは幸せでしょう」

寧の前に立ちはだかり、靖二から守ろうと続ける。

「旦那様と奥様に守られて、羽柴に絡めとられず、三枝殿と一緒にいたいと言えるではないですか。誰が邪魔をしました。男だから……家柄が合わないから。だから……だからやめろ？　ほかのやつと結婚しろ？　誰がそんな事を言いました」

「なっ、今は涼のことは関係ないだろう」

「関係あります」

「やめて、佐伯」

　靖二の声が嗚咽を含む。

「だって、僕が父さんと母さんと笑っていた時、きっと一人で泣いていたんだ。大して年も違わない小さな子が一人だったんだぞ」

（止まらない。悠のためだけなのか、それすら、もう分からない）

「父さんを返そうよ。もういいじゃないか」

「出来ないでしょう。お父様は羽柴の当主です」

「じゃあここに一緒に住んでもらおうよ」

「嫌よ、無茶言わないで」

「何で嫌なんだよ」

　靖二は子供だった。自分の気持ちはわかっても、人の心の機微までは本当のところは理解できていなかった。

「のうのうと絵なんか描いて、優雅に紅茶なんか飲んで、誰かが泣いていてもどうでもよくて、あんたそんな女かよ」

佐伯が手を振りかざす。

「やめてください。靖二が悪いんじゃないんだから」

と寧が声を上げる。

「聖母の振りとかもうやめろよ。あんたなんか母さんじゃねー」

瞬間、入り口の扉を叩く音がした。

大きな目を見開いて音のする先を見ると、そこにいたのは、イタリアに居るはずの悠たちだった。

「悠……涼まで、なんで、ここにいるの」

「あなたまで……」

寧は動揺を隠せなかった。

「私が旦那様と一緒にお呼びしました」

佐伯が言った。

寧は大きな目を見開き、入り口から足音も立てずに一直線に靖二に向かう人物を黙って見ていた。

「いや、ここ日本だよ。なんで？」

狐につままれたように現状の把握ができない。

「今はそんな事どうでもいいだろう。靖二お前……それより何言ってんの？　謝れよ、お袋さんに」

悠がピシャリと言った。

突然の事に頭が追い付かない。靖二が黙っていると、悠は1トーン低い声で、唸るように話した。

「謝れって言っているだろう」

「だって。僕は悠さんの為に」

泣きそうな声で悠を見た。

「だってじゃない。言っていい事と悪い事があるだろう。正義振りかざしたら、何を言っても良い訳じゃないんだよ」

寧が声をかける。

「気にしないで、私は別に構いませんから」

「構うでしょう。あなたたちがそうやって甘やかすから、靖二がこんな暴言吐くんです」

言葉はきつくとも悠の手は靖二の片手をしっかり掴み、守っていた。

「僕は悠さんを……」

捨てられた子猫の様な目が悠を見上げる。

「俺の為だったんだろ。分かっているよ。ほら一緒に謝ってやるから」

繋ぐ手にぎゅっと力を入れた。

靖二は声を殺しもせず、ただ泣き続けた。

溢れだす感情を止めるすべは靖二になかった。

「すいませんでした」

靖二の代わりに謝罪をした。

寧は首を振り、ただ黙っていた。

この人が雨宮朱璃さんの一人息子なのかと、寧は悠を見つめる。

「靖二は俺の事、いつから知ってたの？」

悠が声をかける。

「初めて悠さんに拾ってもらった時からだよ。知っていて近寄った」

「なんで？」

「あなたが幸せかどうか、すごく気になったんだ。そうしたら、悠さんは孤児院にいて……」

声がどんどん小さくなる靖二を、愛おしむ様に悠が語りかける。

「孤児院に居て？　幸せじゃなかった？　幸せじゃない様に見えた？」

悠がそういうと、靖二は慌ててぶんぶんと首を振った。

「靖二、思い出というものはね、忘れなければ色あせる事はないんだよ」

悠は靖二の頭をポンポン叩き、

「心配してくれてありがとうな」

と笑った。

「でも俺は幸せだよ。涼がいてエマがいて、泰河もコニーもミンクもリコも、みんな仲間だ」

「悠さん……。でも、母さんが壊した事には違いないでしょう」

悠は涼と一緒に入り口にいる羽柴幸一を見た。

「はじめまして。雨宮悠と申します。以前世界大会でお会いした時には、あえてご挨拶に伺いませんでした。その節は申し訳ございませんでした」

深々と頭を下げると、胸ポケットから何かが落ちた。

幸一の方に転がっていくそれに歩み寄り、悠に渡そうと拾いあげた。

瞬間、幸一の動きが止まった。

切れ長の目を最大限大きく見開き、唇を噛みしめながら言った。

「これは、私がジュリエッタにあげた懐中時計だ。君はジュリの、私の……もしかして」

悠は懐中時計を受け取ると、静かに幸一を見た。

「息子です」

一言答えた。

「これは彼女にあげたものだ」

「知っています」

幸一は何度も空唾を呑み込んだ。

悠は、幸一の喉が嚥下するさまを目で追い、そのまま視線を靖二に移す。

「靖二、俺たちの幸せは、決して壊されてなんかいないよ。君のお父さんは、母さんに捨てられたと思った後も、ずっとリサイタルに来ていたよ。いつも同じ席で、母さんを見ていた」

「悠君……何故それを」

「当然ですよ。心底惚れた男を、たとえ沢山の観客がいたとしても、あの母さんが見間違える訳がない」

幸一は自信なさげに、それでも一縷の望みにかけていた。

「君も……私を知っていた？」

「お会いした事があります。リサイタルで小さな男の子に飴をあげた事を覚えていませんか？」

幸一は、おぼろげな記憶を呼び覚ました。

「もしかして、私の隣の椅子に一人で座っていたあの時の？」

「あたりです」

「彼女は何故亡くなったのだ」

悠の手の中にある懐中時計に目をやった。

死因は伏せて欲しいと言う本人のたっての希望だったから、亡くなったという事だけが、ひっそりと新聞に載っていた。

「乳癌だったんです。見つかった時にはもう手遅れで、リンパに転移していましたから」

「言ってくれたら、世界にはびっくりするような名医がいる。治すことも出来たかもしれないのに」

とても辛そうな、悔しそうな顔をしていた。

それを見て、この人も母さんをずっと愛していたのだと、悠は理解した。

「無茶を言わないでください。モルヒネを打つと、朦朧としてハープがうまく弾けなくなるからって、母さん、気丈なんですよ」

「ああ」

悠は幸一の両頬を包み込み、ジュリエッタになりきって言葉を紡いだ。

「ロミオ、私はあなたを恨んだりしてはいませんよ。だってこんなに素敵な子をあなたはくれたじゃない」

幸一の目から沢山の涙が溢れてきた。

悠は唇の端を少しばかり上げて、

「母さんはあなたを捨てた訳ではありません。死ぬまで愛していましたよ。俺はこれだけは、あなたにきちんと伝えたかったんだ」

壁に寄りかかり、心配そうに見ている涼の顔が、視線の端に映りこんだ。

「空の星は甘いらしいですよ」

「ジュリエッタの口癖だ……ああそうらしいな。結局最後まで意味は教えてもらえなかったよ。聞いていいかい」

「何でしょう」

幸一は三枝をちらりと見て、そのまま視線を悠に移す。

「君は今、幸せか？」

と聞いた。

悠は少しの間黙っていたが……、

「……当然」

と答えた。

悠は一人心の中で呟く。

――泣いてすがれるくらいなら、とっくに雨宮悠なんてやめている。


幸一に母の想いを伝えた悠は、靖二に向き直って言った。

「俺は幸せだよ。みんなに囲まれて。だからお前もお袋さんにあんな言い方しちゃだめだ」

「ごめん」


「しかしまあ……羽柴の財力半端ないな。俺、自家用ジェットとか初めて乗ったわ」

プレオープンの日にちも決まった今になって、アマルフィの昨年のヒット作を銀座で作りたいと、エンダーが我が儘を言いだした。レシピは泰河のものだったから、急遽店を休みにし泰河を連れて来日した。佐伯のSOSにミーティング中の銀座店から、一緒にこの屋敷に連れてこられた泰河は、想像もつかなかった悠の過去に、その場に立ち尽くしていた。

そんな泰河を見て、悠が手を打ち鳴らした。

「つうか仕事で来てるんだ。打ち合わせに戻るぞ。泰河もいつまでボーッとしている気だ？」

悠が部屋を後にしようとすると、後ろから声が聞こえる。

「悠君、あと一つだけいいかい」

幸一が悠を呼び止めた。

「何でしょうか」

「私は君にも幸せになってもらいたい。わが子の幸せを願う事は、いけない事か？」

幸一が投げるその言葉に、悠が投げ返した球は誰の目にも暴投に見えた。

「それは牽制か？　それとも応援か？　俺の幸せは、あなたの望まない誰かの不幸の上に成り立つかもしれませんよ」

涼が走りよる。

「今のは何だ」

「なんでもないよ。お前には関係ない」

「なんだよ」

「さっさと行くぞ！　折角泰河を連れて店も休みにして来たんだ。時間はない。アッローロだって予約もあるんだ！　二日も休みにしたんだぞ。ぐずぐずするな、涼」

それぞれの決断

涼たちがアマルフィに戻って半年。銀座店も軌道に乗った。

エンダーの我が儘で、昨年のヒット作、アダムとイブのブリオッシュ・プディングともう二つ、オズワルドとの約束の、三枝涼直伝バーボンウィスキーのチーズケーキと、三枝の十八番でもあるスフォリアテッラを伝授した。

バーボンウイスキーのチーズケーキに至っては、アッローロでも出している一品で、涼のオリジナル。今まで誰にもレシピを公開した事はない。

アマルフィ名物のスフォリアテッラは、路面に面した入り口の横に小さな扉を設け、そこから道行く人に焼き立てをバラ売りしている。

知る人ぞ知るその扉は、今では長蛇の列でデートスポットにもなっていた。

◇

「話があるんだ」

ちょっと急ぎの仕事があるから、あと二時間待てるかと言って、幸一はどこかに電話をかけていた。

「分かったよ」

靖二は大人しく待った。

「イタリアに行きたい」

靖二はどうしても行きたいのだと幸一に頭を下げた。

「行ってどうするんだ？」

「分からないよ。本当は悠がこの家に帰ってきたら……父さんと暮らせるって思っていたんだけど……望んでないと言われた」

「彼はアマルフィから動かないよ」

幸一は悠が何を望んでいるのか気がついている。

恐らく気がついていないのは、靖二と三枝君本人だけだろう……と心の中で幸一は答えた。

「なんで分かるのさ」

靖二は聞き返した。

素直に納得がいかないのだろう。複雑な人間の心のうちは、苦労知らずの靖二には恐らく分からない。

「なぜだろうな」

時計をちらりと見た。

「仮にだ、イタリアに行ったとして、どこに住むというのだ？」

「涼のところ」

幸一の顔を、靖二はむっとした顔をして見返していく。

「それはお前が決める事ではない」

ばっさり切り捨てられた靖二は、すぐにでも答えが欲しかったのだろう。アマルフィに電話をかけた。出たのは悠だ。

「構わないよ。一部屋余っている」

話の内容から嫌な予感のした泰河は、スカイプに切り替えた。涼もいいかと聞かれ、

「確かに一部屋あるが」

三枝はちょっと言いよどむ……。

「部屋があるならいいでしょう」

嬉しそうに弾む声で靖二はそう言った。

「それはずるいです」

反対したのは泰河だ。

「なんだ、泰河は反対なのか?」

悠は切れ長の目を更に細め、流す様に髪をかき上げた。

「それなら僕だってシェフたちと一緒に住みたいです」

何とか邪魔しなきゃ……泰河は必死だ。

悠は口もとが緩んだ。まさかの伏兵だったな。

「やはり同じ家は……ちょっと違うだろ」

涼は何が起こっているか分からない。

「悠さんはいいのに？」

「靖二と悠は違うだろ！」

「何が違うんだよ！」

駄々をこねる靖二に涼はだんだんとイライラが募る。

悠は壁にもたれながら、

「まぁまぁそんな事言ってやるなよ。一部屋空いてるのは事実だろ。泰河も靖二も一緒に住みたいなら俺が出てってやるからそれでどうだ」

ふわっと明るい顔になる靖二をよそに、その場の温度が一気に下がった。

「ふざけんな！　お前はいいのかよ」

悠のシャツのエリ元を掴み、涼はどなりちらした。

「なんでそんなに怒るんだ？」

クスッと笑い涼の手を自分のシャツからゆっくりと離し、頬に手を添えた。

扉をたたき「トイレ」と言って涼は出て行く。感情のコントロールの苦手な涼らしい対応だった。

「しょうがねーやつ、その気もないくせに」

悠は独り言の様にため息をついた。折衷案を挟んできたのは幸一氏だ。

「君たちの住んでいる場所はアパートか？」

「そうですよ」

「それなら靖二、同じアパートを借りてやる。だから人のテリトリーに勝手に入るな」

悠はトイレに籠もった涼を呼びに行き、幸一の折衷案を教え、背中から抱きしめて意地悪して悪かったよっと言った。

「糞が」

「ははっお前本当……言葉遣い悪いな」

「うるせー」

こうして靖二のイタリアでの生活が始まった。

◇

ランチタイムも終わり、ディナーまで少しの休憩時間だ。

海沿いから来る風も今日は緩やかで、ライラックの咲き乱れる中庭はいい香りが漂っている。

悠は満開になっているライラックを見て、癖になっている花びらを探しながら中庭で紅茶を飲んでいた。ライラックの花びらは通常は四枚だが、まれに五枚花が咲くという。

昔……母さんが教えてくれた……。

『もし見つけたら誰にも言わずにその花を呑み込むと……愛しい人と永遠に過ごせる言い伝えがあるのよ』

「まさか、そんなもんにすがりたいなんて思ってるなんて……雨宮悠ともあろう者が焼きが回ったな」

独り言は風に消えた。

◇

風呂上がりに当たり前の様に手を出してくる涼を見て、素朴な疑問を投げかける。

「なあ涼……」

「なんだ?」

「お前さ、靖二と付き合ってんじゃないの」

「付き合ってるぞ。なんでだ?」

なんでだ? 俺は涼の最低発言にこれ以上の話は不要と判断し、会話をぶった切った。

涼の休みには必ずインターホンが鳴る。靖二のところで過ごす時間も増えるだろう。帰ってこなくなるのも時間の問題だと覚悟を決めた。

そして俺が思っているより早く、その時は訪れた……。

玄関から鍵穴に鍵を突っ込む音がする。

何だろう。涼か？

扉が開いて入ってきたのは靖二だった。

「どうしたんだ？」

「涼のパンツ取りに来たんだ。今お風呂に入っているから。汚れちゃったしね」

パンツ……。俺相手に牽制とか、靖二も必死だな。

「好きなだけ持っていけ」

動揺を隠しポーカーフェイスを貫く。感情労働者だ！　サービスマンなめんなよ。

涼の部屋から適当に服を出してやった。

「休みの日はうちにいるから気にしないでね」

「ああ、よろしくな。助かるよ」

顔に張り付けた笑顔は得意中の得意だ。

恋なんて、終わる時は意外にあっけなく終わるもんだな。

その日は涙が枯れるまで泣いた。

翌日は休みだから今日でリセットだ。

靖二は外でもかいがいしく涼の世話をしているようで、皆はだんだん靖二が側に居る事に慣れていった。

恋人っていうのも定着したし、俺はといえば忙しいのを理由に少しだけ距離をおく様になった。

それでもアッローロで働いている時は幸せで、今はライラックも咲いていて、最高にいい季節だ。

店にいる時は涼を独占出来る気がして朝から晩まで入り浸った。


アッローロには大型の休みがある。

アマルフィは夏はかき入れ時だから、それが終わった九月の終わりくらいに十日間程。毎年のお楽しみだ。


今朝がた涼と靖二は二人して悠の部屋に入りこみ、悠からしたらまねかれざる客であった。涼のテリトリーだったキッチンに靖二が入るのが、悠は気にくわなかったが、それを顔に出す程、女々しくはなかった。

なにやら涼がバタバタとクローゼットを開けている。

「何してるんだ？」

「スーツを作ろうと思っているんだ」

「何用の？」

「結婚式用のタキシードだ」

俺は頭を殴られた様な気がした。

「間に合うのか？」

つとめて平静を装った。

「今は六月だろう。あと三ヶ月あるから、セミオーダーならなんとかなるだろう」

「ふーん」

俺はそう答えるので精一杯だった。

「お前もせっかくだから作れよ」

「はー？　まさか俺出るの？」

「当たり前だろ？　お前が出なきゃ成り立たないんだからな！」

最低発言だよ……。

「お前、昔のセフレに出席頼むとか馬鹿じゃないのか？　俺が何か言ったらどうするんだよ。普通出席させないだろ」

「俺はお前が出てくれないなら結婚式しないよ」

キッチンでお茶を淹れていた靖二が慌てて顔を出す。

「ちょっと悠さん、結婚式出てよ。式をぶち壊す気？」

「そんなつもりじゃないけどさ……」

まともな受け答えができている自分を褒めてあげたい。

「分かったよ。出てやるよ。でもスーツは仕事用があるから別にいい……」

「作るっつってんだろ」

やべー吐きそうだ……。もうどうにでもなれ。

「好きにしろ。お前の金だからな」

「よっしゃー！　なら次の休みに見に行こうぜ。知り合いが仕立てやってるから、フルオーダーみたいな超絶時間かかるやつは間に合わないけど、セミオーダーならそんな時間はかからないって言ってくれたし、九月までまだ三ヶ月弱はあるからセミオーダーでもかなりしっかりしたやつ作ってくれるってさ」

勝手に話進めやがって……。

「もうなんでもいいよ」


次の休日、約束通り、俺たちはスーツを仕立てるために仕立て屋ストリートを歩いていた。

「はー？　なんで白なんだよ！　白だけはだめだろ！」

「色なんてなんでもいいじゃないか」

涼が言う。バカの発言は意味が分からない。

「白だけはだめなんだよ！　お前あいつの気持ちとか考えろよ」

「あいつの？」

靖二に聞きたい！　こんな最低なやつですがいいですか？

「じゃあ薄い綺麗なブルーにしよう！」

何も言う気はもうなかった。

「とりあえず白じゃないならお前の好きにしろよ」


結婚式まで二週間を切った店休日、ちょっと羽柴のおっさんに会いに日本に行ってくると、涼は「ちょっと散歩に行ってくる」くらいの軽い口調で俺に言った。

「挨拶か」

「ああ」

俺もそれ以上聞かなかったし、涼も話さなかった。

日々の仕事は生き甲斐で、今の俺にはここしか居場所がないけれど、それでも結婚式を挙げた後のあいつらを見るメンタルは持ち合わせていない様な気がして、職探ししなきゃな……なんて考えていた。

「問題は店が大好きな事と、あのバカには言いたくないって二点だ。きっと納得しないよな……ラファエルに相談してみようかな」

独り言は風に消えた。

涼が日本に立った同日、俺はフランスに立った。

カポディキーノ国際空港からシャルル・ド・ゴール国際空港までは二時間半くらいのものだし、ナポリまでの道中を入れても四時間ってところだ。

店休日は二日間あるし、ホテルをとれば寝るとこにも困らない。

ラファエルは、会えるの久しぶりだねと喜んでくれた。

「おーい悠！」

遠くからでもよく分かる。圧倒的なオーラ。

「相変わらずの魔性のオーラだな」

それを聞くとラファエルは爆笑していた。

声を上げてこんなに笑うなんて珍しく、俺はちょっとびっくりした。

「魔性ならこんな何回も浮気されないよ」

「またしたの？　アラン……病気なんじゃないのか？　なんか俺の親友がばかにされるとか、許せないんだけど！」

アランの店にどなりこみそうな勢いだったのをラファエルに止められて、納得いかないままだんまりだ。

コーヒーを片手に持ってきたラファエルは、俺の横に座り、まあ飲んで落ち着けよと言った。

「お前の目的、それじゃないだろ」

軌道修正するあたりが流石だなと思う。

「そうだけど……」

納得しない俺にやれやれと肩を上げて、コーヒーをふうふうしながら一口飲んだ。

「今度は店のお客様。しかも俺より年上で」

「まだ続いてるの？」

「いや？　アランは同じ相手と二回はやらないよ」

「つまみぐい、って事？」

ラファエルはそういう訳でもないんだと思うよ、とアランをかばう様に言った。

「ラフはさー、浮気されるくらいなら付き合わない方がましだとは思わないの？」

「思わないよ」

「なんでなんだ？」

素朴な質問だ。

「だってさ、それでもアランがいつまでも一緒にいたいのは俺だしさ、それに俺がアランを捨てられないんだから、しかたがない」

「愛しているからか？」

ラファエルはシャツに隠れた鬱血痕を見せて言った。所有欲ってあるんだよ。あの人が痕をつけるのは俺だけなんだ。だから俺はそれでいいんだ。でもさ腹立つだろ？　だからなんか買わせてるんだよ。と言った。

「羨ましい強さだな」

悠の独り言を綺麗に拾ったラファエルは、オレンジ色の空を流れる真っ白い雲を見た。

「お前は何を悲しんでいるんだ？」

「俺は、涼を愛しているんだ」

鳩が豆鉄砲くらった様なラファエルらしからぬ顔に、俺は苦笑いして「引いただろ……」と尋ねると「ゲイにか？」と問われ、まさか、そっちじゃなくて涼を好きだって事がだよと言った。

「いや、むしろすっきりした。愛してないのが不思議なくらいの尽くし方だったから」と返ってきて……俺はそんなだったか？　と別の意味で自身で引いた。

「三枝は所有欲の塊だと思うんだけどな……」

「そうか？　まあ結婚式するくらいだからね」

「それって……」

言いかけてラファエルは続きを話すのをやめた。

――なぜ悠は自分の事には、とんと疎いんだろう。

――あんなにアプローチされてんのにな。

――三枝が本当に愛してるのは羽柴の息子じゃなくてお前だろ。

一世一代の告白

真っ赤な薔薇と真っ白なライラックが辺り一面に配置され、トゲ処理のきちんとされた薔薇は香りもさる事ながらそれは見応えのあるものだった。

薔薇には本数にも意味があるという……。

「何本あるんだ？」

「何本だろうね」

ラファエルがフフフと笑いながら俺の眼鏡を取った。

「ラフ！　返せよ。それがないと困るんだ」

「困らないだろ、これ、伊達メガネだよな」

「そうだけど……」

苦しそうに目元を押さえて、返せと手を伸ばす。

「伊達メガネは純粋におしゃれのためにかける奴もいるけど、悠の場合は自分の本心を見透かされない為って感じだなって思ったから。もういらないだろう」

乾燥した喉に俺は唾液を押しやった。

何度飲み込んでも喉の渇きは癒されない。それどころか飲み込めば飲み込むほど渇いてきて、砂漠の真ん中でまるで一滴の雨を待つ心境だった。

「何でもお見通しかよ……ほんと、お前のそういうところ嫌いだよ」

こんなの八つ当たりって分かっているけれど。

「あはは。もっと素直になれば良いのに」

ラフは、気にしませんみたいな顔をして肩パンチをしてきた。

「二十年以上も黙ってきたんだぞ!? 今更……言えるかよ」

「不器用な奴だね、ホント」

ラファエルの言葉に俺は聞こえないふりをした。

◇

パイプオルガンの清らかな音が響き渡る。恐らくは人生で一番幸せな瞬間なんだろう。扉がギーッと音を立てて開いていく。

手は小刻みに震え、深く吸えない息は大きくなる心音に更に共鳴する様に熱くなる。

「早く終わってくれよ」

誰にも聞こえない様に……音にならず口から出た言葉は、そのまま床に落ちていった。

始まる前は覚悟も決めたつもりだったし、おめでとうって何度も練習したのに、いざとなると顔すら上げられない。

俺のメンタル最弱かよ。

頑張って笑ってやるから、だからさっさと終わってくれ……。

悠の気持ちを嘲笑うかの様に、パイプオルガンの荘厳な音色はゆっくりと奏でられる。

なんだ？　しーんとする外野に悠は不思議な感じを受けた。

静かっておかしくないか？　二人を褒めたたえる言葉は聞こえず、ただ近づく足音だけが……コツコツと、鳴り響く。

俺の前でその足音は止まり……「悠」と憎らしいほど最愛な、愛しい男の声が俺を呼んだ。

涼に呼ばれてなお、下を向きつづけられる訳もなく、俺を呼ぶ声の方に顔を上げた。

なんの冗談だ？　涼が一人で立っている。

「なんでお前一人なの？　靖二はどこに行ったんだよ」

「俺ならここにいるけど？」

俺より更に奥の方のベンチにいた靖二は、俺の間抜けな問いに真面目に答えてくれて、しかもタキシードじゃない、ごくごく普通のスーツを着ていた。

「お前なにしてんの？　いる場所が違うじゃないか！　白のタキシードは？」

「最初からそんなの作ってないよ」

靖二の言っている意味が解らない……。

「なんで？」

「僕は自分がかわいいの。僕を一番に想ってない奴なんかいらない」

涼は右の掌を広げ、俺に向かって突き出した。緊張と覚悟のないまぜになった男の顔をしていた。

この手はなんだ。掴めというのか？　バカ言うな！

「結婚式するんだろ？　皆集まってんだ、お前の為じゃねーか。さっさと靖二と式を挙げろ！」

悠は声にならない声で叫ぶ。

「だからお前が来てくれないと出来ないいんだ……」

このバカ……なに言ってんだ？

「相手ならここにいるじゃねーか」

悠は慌てて靖二に手を伸ばす。

涼は全く動じる様子もなく、「あーここにいるよ」と悠の腕を掴んだ。

こいつ、今何を掴んでる？

イライラも悲しみも戸惑いもメーターが最高潮に振り切ってしまった俺は、周囲の事もお構いなしに涼の胸ぐらを掴んでいた。

「ふざけんじゃねーよ！　散々セフレ扱いしやがって。どんな思いでお前らを見てきたと思ってんだ」

切れ長の目からは大粒の涙が止めどなく溢れていく。

「悪かったよ……悠。気がつかなかったんだ。お前だけにずっとあんなに執着していたのにな……アランや靖二たちに言われるまで、お前がいなくなってしまうかもなんて事すら……思いもしなかったよ」

「俺なんかいらなかったじゃねーか。所詮セフレだぞ？　体の相性がちょっと良いくらいで何を血迷ってんだ！　今日だって、おめでとうって言いに来てんだよ。いつ俺が別れてくれなんか言ったよ……。てめえ、人の覚悟なんだと思ってんだ！」

「そうだよな。ごめん。散々傷つけた」

「ちげーだろ！　涼。今、傷つけてんのは靖二だぞ」

三枝は伸ばした手を更にまっすぐ伸ばした。

「お前が欲しい」

一世一代の告白だ。

「適当な事言ってんじゃねー。羽柴継ぐんじゃねーのかよ！　てっぺん取んだろ、必要だろうが！　俺たちの夢だ」

悠は靖二を振り返り、懇願する様にひざまずいた。

「お前もお前だよ、靖二！　頼むよ。誤解なんだ。なぁ靖二なら分かるよね……。俺が涼を好きだからか？　ならもうやめるから……想う事もやめるから……」

滝の様に流れる涙が呼び寄せる悲しみは、ラファエルやコニーたちも引き込んでいく。

「悠、落ち着いて」

ラファエルが自分の頬に伝う涙をぬぐいもせず、一生懸命悠の背中を擦り……大切な者が壊れるのを防ぐかの様に優しく肩を抱いた。

それでも悠は靖二にしがみつく。

「てっぺん取らせてやってくれよ、大切なんだ。こいつには夢を叶えてもらいたい。こんなとこで、俺なんかの為に躓《つまず》いていいやつじゃない。なあ、こいつが何をした？　お前には優しかっただろう？」

涙声が響く教会の中は静まり返り、周りのすすり泣く声だけが響く。さっきまで荘厳に鳴り響いていたパイプオルガンの音色は鳴りを潜め、じっと悠を見守るかの様に鎮座した。

「分かってないなー、悠さんは。守りたいものがあるから強くなれるんじゃないか」

靖二が悠の顔を覗き込む。

涼は確信のある強い口調で確かに言った。

「心配するな。大丈夫、羽柴は継いでみせる！」

「だからそのためには靖二が……」

「実力でだ。あのおっさんはやり手だ。いくら関係者でも能力のないものをトップにはしないさ」

「パートナーはお前だ、靖二はかわいいよ。でもそれは男として誰にも取られたくない独占欲じゃなかった。気がつかなくて遠回りしたし、沢山の人を傷つけた。そして今尚、お前にこんな悲しい事を言わせてる……」

悠はチャペルのベンチにしゃがみ込み動かない。

「なあ、悠が俺をあそこまで連れて行ってくれよ。大切なもの一つ何か解らなかった様な大馬鹿野郎をさ」

あそこ……？　必死に首を左右に振る。

「ここで引き下がったら、それこそ一生後悔するさ」

涼の目は、悠をしっかりと捕まえて心臓に牙を立てた。

涼はポケットから取り出したベルベットの小箱を開けて見せた。

中には小さなリングが二つ入っている。

悠の頬を優しく包み込むと、「俺の全てをお前にやる！」皆に宣言する様にはっきりと言い放った。

途端に悠の目が見開かれ、睨んだ目からは止めどない涙が溢れてくる。

「今更なんだよ。他のやつにやるつもりだったくせに」

どなりちらす声はそれはそれはかわいく、誰もが彼の幸せを願わずにはいられないものだった。

「悠……それは」

「からかうなよ、ムカつくんだよ！」

「それは誤解だ。なあ頼むからうんと言ってくれよ」

涼は泣き止まない悠を力一杯抱きしめた。

長く続いた沈黙は、時間にしたら五分やそこらだったかもしれない。それでも男の覚悟を決めるには十分な時間だった。

「後悔しても知らないからね」

悠がたまに見せる諦めた笑顔ではなく、天女かと思う様なそれはそれは綺麗で優しい笑顔だった。

「悠」

大きく息を吸った綺麗な唇は幸せな言葉を吐き出した。

「しょうがないから貰ってやるよ」

涼は小さくガッツポーズをすると、クスッと笑って言った。

「返品交換出来ないからな」

悠が涼をちらっと見ると、

「なら返品されない様に気をつけてねー」

と涼に抱きついた。

会場からは割れんばかりの拍手が惜しみなく与えられる。皆知っていたのか？

「悠、良かったな」

誰よりも悠の事を案じていたラファエル。

「俺そんなに心配かけてた？　平気なふりしていたはずなのに」

「何年一緒にいると思ってんだ。お前の事なんかお見通しだよ」

辺りを見回すとコニーたちが泣いている。

「悠兄ちゃん、良かったね！　私たちずっと心配していたんだから」

コニーはいつでも悠の味方だった。

そこには泣き腫らした目をしたリコとミンクも一緒に笑っていた。

「リコ……すごい不細工だな」

涼が失礼な発言をすると、

「涼！　あんたのせいでしょ。反省しなさいよ」

と言いながら涼の肩を叩く乙女の顔は、ぐしゃぐしゃに濡れていた。

「リコ、ごめんね」

悠は代わりに謝った。

コニーは涼を睨むと、

「このドンカンちん！　悠兄ちゃんは涼兄ちゃんなんかには勿体ないんだからね！　自覚してよ。ドンカンお化け！」

「ああ、分かってるよ。もう泣かせないから、コニー、リコ、悪かった」

「約束やぶったら、ただじゃおかないんだから」

一縷の望みにかけたライラックの祈り。

叶わぬ夢と知りながら、それでもなお諦める事は出来なかった。

涼のそばにいたい。

決して離れたくない。

だから、俺は仲間でいる事を選んだんだ。

まさかこんな近くにあったなんて。

涼のタキシードの胸ポケットに刺さっていたブートニア。

そこには喉から手が出るほど欲しかった五枚の花びらのライラックがあった。気づかれない様に手でちぎる。


「悠、どうか俺に落ちてくれ」

涼の熱い想いが俺の心を溶かしていく。

靖二は悠の背中をポンと押した。

「兄さん、ほら」

靖二に押し出された格好で、否が応でも注目の的だ。

耳まで真っ赤にした恥ずかしがり屋の天の邪鬼は、

「てっぺん取らなかったら承知しねーから！」

と小さな声で言った。

「誰に向かって言ってんだ。戦は勝たなきゃ意味がねーんだよ。お前を最っ高の高みまで連れてってやるよ。黙ってみてろ」

「ハッ、キザな奴！」

涼は捕食者の顔を覗かせて唇を舐めた。

「キザついでに教えてやるよ。この会場にある薔薇の数、九九九本だ」

九九九本の薔薇。
花言葉
『生まれ変わってもあなたを愛する』

……俺だって。

俺は手の中にあるライラックの花びらをそっと呑んだ。

三枝涼、IN JAPAN【回想】

悠を愛しているのだと気が付いたあの日、俺は日本に飛んだ。

後から悠がド・ゴール空港に飛んだとアランから聞いて、自分の不甲斐なさを軽く地球一周分くらいは後悔した。

「やっと来たか」

「来ると分かっていた口振りだな」

羽柴幸一は仕事のパソコンから顔を上げ、メガネを外し、回転式の椅子をくるりとこちらに向けた。

「君ほど鈍くないのでね」

確かにそうなんだが言い方だよ。おっさん。

「自分すら気がつかなかったこの気持ちを、なんであんたが知っているんだ！」

単純に疑問だ。

「それは簡単だ」

俺は怪訝そうにおっさんを見た。

「そんな露骨にイヤそうな顔をするもんじゃない……」

そんな事言われたって、わからないのだから仕方が無い。

「それこそ単純だよ。悠君の気持ちに気がついてなかったのは、うちの息子と君だけだからさ」

「いつから……」

幸一手ずから淹れてくれたコーヒーが、冷めていくのを片目で見ながら答えを待った。

「悠君の気持ちに気がついたのはすぐだったよ。羽柴戦を開催する事にしたのは、息子にお願いされたからだ。

当然やるからには、ビジネスだ。あのアマルフィの祭典で何があったかを調べに、私はイタリアへ赴いた。

靖二が小さな頃、居なくなったことがあっただろう。私は勿論すぐに探したよ。で君たちが誘拐したのではないという事も、その間、孤児院で世話になっていた事も、すぐに調べは付いた。迎えに行こうと思ったが、靖二が思いの外幸せそうに笑っていたのでな。少し様子を見ていたんだよ。だから、悠君が君を好きな事もずっと前から知っていたよ」

「おっさん」

飲みなさいとジェスチャーをする。

俺は折角のコーヒーに手をつけた。

幸一はバルコニーに繋がる大きな窓に手を当て、曇った窓に息を吹き掛ける。

子供の頃、よくやった。

部屋に流れていた重厚な調べの曲調が変わった。

「子犬のワルツか」

俺の独り言を聞き逃さないおっさんにショパンが好きなのか？　と聞かれた。

「いや好きなのは悠さ。俺はピアノは弾けないが、悠がたまにラファエルのピアノでバイオリンを弾くんだよ。その時よく弾いてくれるんだ」

「ラファエルというのはあのアラン君の所の美人カメリエーレかい？」

「美人って、まあ確かにな。超絶口は悪いけどな」

「これは話がそれてしまったな。申し訳ない」

幸一はコーヒーのおかわりを淹れ、ソファーに座るよう促した。

向かい合って対峙する二人の男。

「俺は殴られる気持ちで来たんだが？」

三枝の台詞に、目を見開いた幸一は、大きな口を開け、笑った。

「あはははははははははは」

「笑う要素あったか？　今」

憮然とする涼を前に、さも当たり前の様に言う。

「恋は勝ち負けではない。しかし勝者は必ず存在する。恋が尊く、また怖いのもきっとそこだと思わないか、三枝君。靖二は君を好きだった。だが靖二の好きは欲しいものをただ欲しいと駄々をこねる子供のそれだ。

悠君が自分の気持ちに蓋をして応援してきたのを、額面通り受け取れるくらいには子供で我が儘なんだよ。

君が自分の気持ちに気がつかなければ靖二の勝ちだった。だが君は悠君の気持ちにも、自分の気持ちにも気がついたんだ」

「おっさん……」

「おっさんはね、三枝君……靖二も息子だが、悠君も息子なんだよ。知らないまま傷つけ放置してきた。今更償いなんか、あの孤高の男も、きっとジュリエッタも望むまい。なら俺のやる事はただひとつだ。我が子の幸せを見守るだけさ」

羽柴幸一は頭を下げた。

「悠を幸せにしてやってくれないか。あの子はジュリエッタによく似てる。強引なくらいじゃないと手には入らないぞ」

「分かっている！」

「悠」

大好きな涼のバリトンボイス……。

すがらないと諦めた俺の夢……。

「悠、俺を幸せにしてくれないか……」

大好きな男の声が聞こえる。

夢ならどうか覚めないで……。

エピローグ

あのドタバタの結婚式から、もう五年がたった。

トラットリア・アッローロはアマルフィの顔になり、連日満席の大賑わいだ。

あの当時シェフに纏わりついていた泰河は、スーシェフになり店を切り盛りしている。色彩感覚に秀でた泰河の料理は舌だけでなく目でも楽しませてくれる。若い分失うものがないせいか、常に挑戦的な新メニューが提供され、食べる人を幸せな気分にさせていた。

悠が絶対に譲らないと言って聞かなかったピアノは、今やこの店のもうひとつの新しい顔になり、靖二は得意のショパンをよく弾いている。あのあと音楽院に入り直した靖二は天才の名を欲しいままにし、それでも馬鹿なのか何故か涼たちの所に帰ってきた。

「ホントにいいのか?」

アマルフィに帰って来た靖二に悠は聞いた。

「兄さんはきちんと見ててやらないと、すぐ自分の気持ちに蓋をしちゃうからね。それにこのピアノは僕の為だろ?　他の誰が弾くんだよ」

初めて兄さんと呼ばれたあの日を悠は一生忘れないだろう。

オープンして十三年、アッローロの周りも時は経ち、変わったものもあった。

涼たちはもうアラフォーになったし、ビアンカには子供が出来た。エンダーとアンドリューはパートナーシップを結んだ。靖二は一人を満喫しつつ、それでもなにやら最近恋人らしき人が出来たらしい。


しかし変わらないものもある。

トラットリアの中庭にあるライラックの花は、今年も見事に咲いていて、甘い香りは中庭を散歩する度に風にのって漂っていた。

「悠」

「ん？」

振り向いた恋人は、この世の誰よりも綺麗で、涼は世界一幸せだと思った。

「ずっと聞きたいと思っていた事があるんだ」

「なーに？」

間延びした返事を返す悠は多分ちょっと眠いんだろう。

「いつから俺の事を愛していたんだ？」

悠は最高に幸せそうな微笑みを浮かべ言った。

「はっ、忘れたよ」

何年も何十年も……この先ずっと……。

このライラックの咲き乱れる中庭で、俺たちは愛を語りつづけていくだろう。

了

最初で最後の恋だから
～月下香の天使《アンジュ》に恋をした～

プロローグ

路地裏から誰かの叫び声が聞こえる。助けを求める様な、あるいはチンピラの喧嘩の様な、どちらにしても迂回をしたいと思わせる様な嫌な空気だった。そんな最悪な気分のまま一本手前の通りを進む。

横道から視界にちらりと映る男たち。多勢に無勢と言わざるを得ない様な状況に、アランは唾を吐いた。

喧嘩か。出来る事なら、関わり合いたくはないのだが。優しそうな笑顔にアッシュグレイの短髪。綺麗に刈り上げられた項は、清潔感第一のコックならではであった。

彼の名はアラン・ロペス。

フランス国内では、右に出る者はいないと言われるほどの料理人だ。アランは、普段なら通らない時間に、ここを歩いている事を既に後悔し始めていた。

早上がりの仕事帰り、久々に飲んで気分は上々。ところが、数メートル先のつきあたりで繰り広げられているのは、明らかにレイプまがいであった。

「……ら、ケツ……出せよ！　……込ん……か……ら」

「や……め……ろ。そこ……んな」

「ほら、きもち……だろ」

だんだんと声に近づいていく。

冷たい風に嫌がる男の声が乗る。

「やはり輪姦《まわ》しているのか、ゲスが。くそっ！　折角いい気分で飲んでるっつーのに」

アランはとっさに地面を蹴り、声のする方へ走り出した。


「やめてってば」

「おい、お前、そのうるせー口塞いどけ、俺が最初な」

男たちは、暴れる獲物を押さえつけ、ケツを突き出させ、ズボンとパンツを一気に下げた。

綺麗な色白の肢体がさらされた。

グループのリーダーの様な男が、自身のベルトに手をかけ、カチャカチャと大きな音を鳴らし、中からペニスをブルンと出した。

「ヒ――――――――」

押さえつけて広げたアヌスに、無理矢理指を三本ねじ込んだ。

「うるせえよ」

言うが早いか、右手の掌が少年の頬をたたいた。唇の端から血が滴り、ポトリと地面に落ちる。

「こんな路地裏を、にーちゃんみたいな綺麗な男が、一人で歩いてんだ。男娼かビッチと相場は決まっている」

「そうそう、気持ちよくさせてやるんだ。むしろ金が欲しいくらいだぜ。タダでやってやるんだ、感謝しな」

「いや……」

薄汚れたハンカチを、無理やり咥えさせられた口から、声が漏れる。

「先輩！　なんか濡れてねーっすよ？」

「唾でも付けときゃ平気だ。ちょっときついくらいがちょうどいい」

唾液を垂らし、適当に滑りをよくしたアヌスに、そそり立つペニスが押し入ってくる。

「やべーっ」

リーダー格のその男は、気持ちよさそうな顔を上げ、肩で息を吸いながら、自慢する様に言った。

「ウォ、まじ……きっつ、まさかの初物かよ。ラッキー。おい、お前、こいつのチンコ扱《しご》けよ。その方がもっと後ろが締まんだろ」

下っ端の男は、言われたままペニスを扱く。少年は怖くて仕方がないのに、物理的なペニスへの刺激でアナルが収縮を始めた。

「ぎゃあぎゃあうるせーぞ。警察でも来たらどうすんだ」

男は泣き叫ぶ少年の頬を力強く叩く。さらに深くハンカチを押し込み、少年を無視して、ピストン運動を繰り返した。

「アニキ、つぎオレっすよ」

二人目にチェンジしたその時、奴らを襲う声がした。

「何をしている」

よく響く声が、路地裏に反響した。

「やっべっ、逃げっぞー」

バタバタとした遠ざかる足音とは逆に、辺りには強烈なにおいが残っていた。

男たちが逃げたその後には、精液に塗《まみ》れた美少年が、地面に転がる様に横たわっていた。

「大丈夫か?」

アランの問いには応えず、後孔から垂れる白い液体が伝わるのを感じたのか、少年は指で掻き出そうとする。

「やめろ、傷つくぞ」

「こんな汚い身体、どうなってもいい……」

「そんな悲しい事を言うな。分かった。俺がやってやる。とにかくここを離れるぞ」

アランは足元すらおぼつかない少年を抱きかかえて、タクシーを拾い自身のアパルトマンに帰った。

少年は見知らぬ場所へ連れていかれる恐怖からか、身体を終始硬くしていた。

「ここ、どこ」

「俺の家だ。なんだ、怖いのか？　折角の綺麗な銀髪が、乱れてしまっているな」

アランは少年の青のメッシュの入った銀髪をゆっくり梳いた。

「大丈夫だ、こんな傷ついた子供に何もせん。安心しろ」

「十八歳になっているよ。子供じゃない」

身体を硬くしたまま、それでも精一杯強がっていた。

「十一も違えば、十分お子様だろう」

アランはあやす様に背中をポンポンと叩いた。

「あんた、知らない奴なんか、簡単に家にあげて良いのかよ。泥棒かもしれないのに」

「こんな綺麗な顔の泥棒なら、何か盗られても文句はないな」

アランは大人の余裕で、少年の額にキスをした。

少年は差し出された手を払い、うっすらと紅潮した頬を手の甲で隠した。

「何もしないんじゃないのかよ」

「何もしていないだろう。そもそもケツから精液を掻き出してもらう為に、ここにいるくせに、今更挨拶程度のキスで動揺するな」

「もらう為って……」

元来プライドが高いのだろう。虚勢を張って平静を装う。

「ならさっさとやれよ」

アランはくすくす笑いながら続けた。

「ラブホでも良かったのだがな、タクシーではそうもいかん」

男はアラン・ロペスと名乗った。

「名前は？」

「――――ラファエル・フォーレ」

「湯を張った。ラファエル。こっちへおいで。ちょっとここに手をついて」

あいつらも全部を中に出した訳ではないのだろう。体にこびりついている白濁としたものを、石鹸の泡で優しく洗いながら、後孔から精液を掻き出していく。

「ありがとう」

シャワーの音にかき消されるくらいの、小さな声で紡がれた言葉は、少年の精一杯の思いだった。

助けてくれて、という意味か。

頭をポンッと叩いて「気にするな」と言ってやる。

アランより遥かに細い体に合う服などなくて、ラファエルを家に置いて、買い物に出る為、鍵を掴んだ。

「残して行くのかよ」

「寂しいのか？」

「そうじゃなくて――――何か盗って逃げたりとか……心配にならないの?」

「良い奴かどうかくらい、目を見りゃ分かる」

「あんた」

「アランだ」

「アラン、あんた馬鹿なのか?」

くすっと笑ってアランは出て行った。


ピッタリサイズの上下と、ボクサーパンツを買って帰ってきたアランは、盛大に鳴るラファエルの腹の虫に大笑いし、パスタを作った。

「おいしい」

「そうか」

「こんなおいしいもの初めて食べた。あんた料理上手いんだな」

「パスタくらい、誰でも作れるさ」

「そうかなぁ。少なくとも俺は作れないよ」

そう言いながらラファエルがあたりを見渡すと、ピカピカに磨かれた鍋が沢山あって、何とも不思議な空間だった。

「朝になったら送って行く。食ったら寝ろ、ベッドを貸してやる」

「え？　一緒に寝るんじゃないの？」

「俺はソファで寝る」

「なんで！　俺何にもお返し出来るもの持ってないよ。服のお金すら持ってない」

「だから何だ」

「……抱くのかと思った」

盛大に笑うアランを見て、ラファエルはむっとした。

「悪い、悪い。別に魅力がないとか、そんな意味じゃない。むしろこれだけ極上なら、喜んでと言いたいところだ。いつもは据え膳、いただいてしまうのだがなぁ」

「ならなんで――」

「今日の事は犬に噛まれたと思って忘れろ。ラファエル、お前ゲイか？」

ラファエルは頷いた。

「大切なものは本当に好きな奴が出来るまで取っておけ」

忘れろと言う。抱かないと言う。次なんかもうないのかもしれないのに――。だって、俺は……助けられたあの瞬間から、きっと、こいつに恋をしていたんだ。

翌日、家まで送ってくれたアランは、えらく紳士的だった。

電話番号も分からない。
それでもこれが運命なら、もう一度――。

第一章　天使《アンジュ》と呼ばれる少年

バー「シュバルツの森」

「夢か――――」

ずいぶん懐かしい夢を見た。

十五の頃にはゲイだと自覚していた俺には、普通の職場はちょっとしんどくて、ここはとっても、居心地がいい。

あれから三年、アランとは一度も会えていない。あの路地裏にも何度も足を運んだ。もうすっかり生活も体も変わってしまったし、こんな仕事をしていて、今更告白も出来ないけれど。

「会いたいなぁ」

似た様な男を見つけちゃセックスしている。筋肉がバキバキで、顔が良きゃセックスは出来る。同じ様な男とばかり、寝るんだな。

そんな嫌味も聞き飽きた。

好きって感情が、解らない訳じゃない。ただその好きってのに、蓋をしてしまっただけだ。

◇

七月七日・金曜日。ゲイバー「シュバルツの森」にて。

「乾杯！　二十一歳おめでとう。アンジュ」

俺はここでの通り名をアンジュと言った。初めてこのゲイバーに足を踏み入れた時、当時ナンバーワンだった男から、天使の様だと『アンジュ』と付けられた。名前負けしない容姿と、どこか冷ややかな性格が、アンジュという名を定着させたようだ。

「なんだ、飲めるようになったのか」

俺はビールの苦みが、思い出したくない日を彷彿とさせると、ずっと苦手だった。

仲間に手渡されたビールはそれでもまだ苦かったけれど、嫌な記憶を薄める程には俺の体は変わっていた。

このゲイバーは、俺の第二の故郷みたいなものだった。

「最ッ高に楽しい」

俺はここで酒も男も教わった。

セックスも今は普通に気持ちいい。

酒にも、場にも慣れて、ナンパのあしらい方も上手くなった。

◇

十月二十一日土曜日。

アラン・ロペスは久々に馴染みのゲイバーに来ていた。そしてあまりにも馴染みのない雰囲気に、目を白黒させ、近くのギャルソンを呼び寄せ、聞いた。

「誰か有名人でも来るのか？」

アランは素朴な疑問を投げかけている。

ギャルソンを押しやり、馨《かおる》が顔を出した。

「よぉアラン、久々じゃないか」

「なんだ馨か……」

「随分ご挨拶だなぁ。忙しくしているみたいで結構。この前の季刊誌、『シェフ王国』読んだぞ。イケメン天才シェフの素顔、とかで、モデル張りに身長・体重まで載ってたじゃないか」

ゲイ仲間である馨はシガーを勧めてきた。アランは専らアイラで、酒はラフロイグを好んで飲む。決して紫煙の香りは嫌いではない。

「いや。煙草はやらないと決めているんだ！　舌は商売道具なのだよ」

「流石、世界のアランは違うねぇ」

「からかうな。で、あれ何だ？」

馨は巻き煙草を薫らせながら言った。

「絶世の美女がバイオリンを弾くんだよ」

ゲイバーに美女？　アランは、それは、それは、嫌そうに言った。

「そんな顔するなよ」

馨は苦笑いをして、「アンジュって通り名の、絶世の美女さ」と言った。

「アンジュ？」

言うなり店内は暗転し、ライトが中央に集まりだした。バイオリンを持った男が現れると盛り上がりは最高潮だ。

「ウォ――――――――――――――――――」

「アンジュ――――――――」

「アンジュ――――――、こっち向けよ――――――」

「え？　ラフ？」

アランの独り言は、誰の耳にも届かなかった。

「アンジュって誰の事だ？」

「なんだ、アランは彼に会うのは初めてか。お互いに結構な常連なんだがなぁ」

真っ白なチューベローズを背負っている様な、幽玄な雰囲気を纏うラファエルを見た瞬間、アランは唾を呑み込み、喉の奥が熱くなるのを感じた。

「髪も伸びた。綺麗になったな……」

無意識に喉に手をやり、独り言の様に呟いた。

じっと見つめていたら、アランに気がついたのか、アンジュがにこりとも笑わずこちらに向かって歩いてくる
「リクエストは何？」

青いメッシュが入った長い銀髪を、ゆったりと片側一本の三つ編みにし、アンニュイな雰囲気を漂わせていた。

「お前だ」

「意味が分からない」

「質問に答えただけだ」

「言葉分からないの？　リクエストを聞いたんだよ。それとも、脳みその中まで筋肉で出来ていそうなあんたじゃ、芸術は理解出来ないかな」

「鼻柱が強いのは相変わらずか」

「何の事？」

アンジュはアランを横目で見たまま、さっさと次のテーブルに行ってしまった。

「俺も焼きが回ったな」

別の席でいただいたリクエストはモンティだった。

「モンティか。なら王道でチャールダッシュからいくよ」

アンジュの右腕が弓を引く。それを合図に、店内には歌やダンスが溢れ、彼のバイオリンは夢の様な時間を作り出していた。

「おいアラン！　おいって」

馨の制止も聞かず、おもむろに立ち上がったアランは、アンジュに向かって歩きだし、見下ろした。

「なに。見下ろされるとか、気分が悪いんだけど」

「俺の方が、身長が高いのだから、仕方があるまい」

十センチは高いアランは、上目遣いで睨みつけるアンジュを、甘く優しい口調でいなした。その口調とは裏腹に、冷たく光るアランの目から放たれる匂いは、空腹の虎が大好物のカモシカを見つけた様な、獲物を喰らい尽くすオスの匂いだった。

魂が揺れる匂い。

――――応えたい。ラファエルの心が、悲鳴を上げる様に、感情が理性を呑み込んでいく。

「俺と付き合わないか？」

アランが真っ直ぐな目をして、アンジュを見た。

素直に頷くには、既に時は経ちすぎていた。

「――――は？　バカじゃないの、あなた。俺が欲しいなら金出しなよ」

金？　男娼か何かなのか？　黙っていると横から馨が割って入った。

「彼は一筋縄ではいかないよ」

「馨、何か知っているなら教えろよ」

渇望

あたりを見回す。今日はいないのか？　ゲイバーで物欲しそうに物色するとか、俺のスタイルじゃないのだが、どうしてもあいつが欲しい。

シガーを薫《くゆ》らせながら馨が一枚の小さな紙をみせる。

「なんだ？」

それを受け取るとアランは視線をやった。

「ん？　随分ゴージャスだな」

黒地に浮き彫りの金文字でＨＥＡＶＥＮと書いてあった。

セーヌ川左岸に位置するモンパルナスでアランは一夜の相手を見つけることがよくあった。

「ほう、モンパルナスか。HEAVEN？　知らないな」

「まぁお前は左岸を歩いてれば、勝手によってくるからな」

と馨にからかわれたが、アランはそんなものどこ吹く風だ。

「天国にでも連れてってくれんのか」

アランがそう言うと、

「俺を天国へ連れて行け、かもしれないな。それ、アンジュだ」

と馨は紫煙を薫らせながら言った。

「アンジュ？」

その一言に反応し、そのカードを裏返した。

ラフと書いてある。

はいよっと八インチ四方の見開きのカタログを受け取ると、すぐさま中を開けた。

「すげぇ顔、まさに鬼の形相だな。まぁ、そういう風に見えるよね」

「馨！」

襟首を掴むアランの手をやんわりと離すと、馨は淡々と言った。

「俺に八つ当たりしてんじゃねーよ」

ぴしゃりと言い放たれると、流石に申し訳ないと思ったのか、アランはごめん、と謝った。

「指名してもいいのか？」

「そりゃぁ、コールボーイやってるくらいだからな。ただ、あまり無茶苦茶するなよ。出禁になるぞ」

「人を獣みたいに言うな」

馨はチラリとアランを見る。

「フランスの種馬の異名があるくせに、よく言うわ」

HEAVEN《ヘブン》

「ラフご指名だぞ？」

「指名？」

「あーしかも半日、初回にしては長いな。ちょっと危ないかもな。やめとくか？」

サクラが言った。桜塚忍《さくらづかしのぶ》、通称サクラ。HEAVENでスタッフ管理をしている、いわば表の顔。

「どんな奴？」

「さあ。完全なるご新規様だね。他に指名歴もない。ただ、馨の紹介っぽい感じだったよ」

馨というのは高遠馨《たかとおかおる》。ゲイバーで働く男で、赤茶の少し長めの髪のイケメン。確か可愛い恋人がいた気がする。馨が美術館で声をかけて、しかもじっくりと距離を詰めていったっていう戦利品。今では相思相愛だが、初めはなかなか大変だったらしい。

「行ってみるよ。どのホテル？」

「ホテルじゃないな、これ家だろ」

ラファエルは唖然としたが、まあ自宅を開示するあたり、怪しい奴じゃないだろう。

「指名でチェンジは出来ないし、楽しんでくるよ」

「大丈夫か？」

「余計なお世話！」

さっと薄手のベストを羽織り、ラファエルは事務所を後にした。


「地図じゃこの辺りなんだけど」

ラファエルは辺りをキョロキョロ見渡し、ここに行きついた。住所からまさかと思ったものの、やはりサン・ルイ島だ。パリ十六区とは違う意味での高級住宅街。足がすくむ。

「あっこれ……かも。良いとこ住んでんじゃない」

アパルトマンだが高級住宅街。まじか、どんな奴だよ。

どうでもいいと思って、いつもの様に名前すら確認してこなかった。

中から出てくる奴がブヨブヨだったら萎える。いくら金持ちでも、ブヨブヨの脂肪とか絶対勃たない。

この前は脂肪に萎えたってだけで、相当ひどい目にあった。あの後二週間、仕事出来なかったからな。

ラファエルは自分に活を入れる様に、大きく息を吸い、しっかりと吐いた。

インターホンを押す。

好みじゃない奴で、しかも突っ込む側だったら？　サクラの奴恨んでやる。いや本当、脱童貞記念とかいらない。

まあ、どちらにしてもなる様になれ！　だ。

ラファエルは勇気を振り絞り、ドアについている丸い鉄の金具を握り、大きく息を吸うと、ドンと叩いた。それに連動するようにジリリリと音が鳴る。

「はい」

何？　マジ。五感を刺激する低い良い声だった。なら、顔も中の上くらいではあります様に。

両頬をペチンと叩き、気合いを入れる。

「ヘブンから来ました」

後には引けない。扉が開いた。

え？

「あんた」

ラファエルは顔を見るなり逃げようとした。いや実際逃げたはずなのに、いとも容易く捕まり、腕にホールドされている。

「放せよ」

「いや逃げようとしたからだろう。指名を受けたんだ。仕事くらい、きっちりしていけ」

「指名って、お前分かってて？」

男はクスクス笑うと、偶然だ……と言った。

「偶然とか嘘つくなよ！」

「元気だな。ほら前金だろ？」

男は紙幣を数枚取り出しラファエルの胸ポケットに突っ込む。

「いや、金返すから」

契約違反は罰則あるよな。男のセリフに、ラファエルはぐっと言葉に詰まった。

罰則、複数人での調教。

――いくら俺がドMでも、それだけはごめんだ。

「分かったよ」

小さな声で震えを我慢する様に言うと、男は――良い子だ――とニヤリと笑った。

――最悪。

「俺はアラン・ロペス」

「は？」

「これで名乗るのは三度目だが、聞いてくれなかったからな」

――コールボーイ相手に何、名乗ってんだよ。ばかじゃねーの。

「三度も聞いた事はないよ。シュバルツの森であった奴だろう」

「白を切る気か」

アランと名乗る男は朗々と響く声で言った。

「白を切るとか言わないでくれよ。俺が嘘をついているみたいだろ」

何一つ動じないラファエルにチッと小さな舌打ちをし、腕を組んだ。

「それならお前に、付き合ってやるよ」

アランに小声で言われると、ラファエルは凄い目をして睨まれた。

「お前は？」

聞かれ、あまりに真っ直ぐに見てくるもんだから、つい「ラファエル・フォーレ」と本名を答える。

――俺も相当馬鹿じゃねーのか。

「どんな体位が好きなの？　フェラは？　潮吹きの経験は？　ナカイキは？」

アランの質問に、ラファエルはむっとしながらも素直に答えていく。

「嫌いなのはバック。フェラは得意。潮吹きはないな。ナカイキってなんだよ」

「マジか？」

「何が？」

じっと見てくる。値踏みされているようで気分が悪い。

「手が後ろに言ってるぞ。何を想像をしているんだ」

慌ててバックに回していた手をポケットに突っ込んだ。ラファエルの顔が、真っ赤に染まっていく。

そんな自分が恥ずかしくて、顔が上げられない。

「まさか中で逝った事ないのか？」

「そんな訳あるか！」

プライドの高さ故か、バカにされたくなくてアランの言葉を否定した。

「コールボーイやってんだ。何人もの男が名器だって言ってるよ。馬鹿にするな」

ラファエルが叫ぶとアランは飄々とした顔をして、冷蔵庫を開けた。

「お前のアヌスの具合が良い事と、お前が中で逝った事があるかとは因果関係はないだろう」

手渡されたボルビックをラファエルは投げ捨てた。

「なら試してみろよ。誰がやったって、大して変わんねー」

アランは寂しそうにラファエルを見つめた。

「恋の経験は？」

「はぁ？　何なのいったい。恋とかそんなの必要ないだろ」

暴言を吐かれているのは自分だと思うのに、なんでアランが寂しそうな顔をするんだと、ラファエルは思った。アランの感情がラファエルには理解できなかった。

——俺だって、最初からこんなだった訳じゃない。

「分かった。セックスはしない。話をしよう」

「は？」

「何が好きなの？」

「…………」

アランはラファエルの顔を覗き込んだ。

「映画は好き？」

「何あんた」

「好き？」

少し語気を強める。

「……好きだけど」

「肉と魚はどっちが好き？」

「だから何」

「どっち？」

見下ろすのは、とでも思ったのだろうか。アランがソファに腰を下ろした。

「……肉だけど」

「犬派？　猫派？」

「……犬」

「好きなパスタソースはトマト？　クリーム？　それともオリーブオイル？」

「もう、なんなんだよ！」

キッチンから帰って来たアランは、コーヒーを持っていた。

「はい、砂糖とミルクは？」

「いらないけど。なあ、なんでしないの？」

「もう三十も過ぎていたら、子供じゃないからな。挿れたいだけなら指名なんかしないだろ。相手には困っていないのだよ」

「ん？」

小首をかしげる仕草に子供らしさがにじみ出た。

肩を震わせ、目の前の男がくすくすと笑っている。

「なっ、なんで笑うんだよ！」

「ごめん。悪気はないんだ。俺はね、君に恋をしているんだと思う。もし君が、セックスが大好きでしているなら、虜にしてやろうと思っていた。テクニックにも自信はある。でも本気で感じた事がないのなら、急がなくても良いだろう？　ゆっくりで構わないさ」

「ふざけんなよ。コールボーイを呼んでお情けかよ！　輪姦された奴なんか重いんだろ！　馬鹿にしてるなら、そう言えばいいじゃないか！」

ラファエルは自分が泣いている事にも気がつかず、わめいていた。

「やはり覚えていたのか。誰も、そんな事は言ってないだろ？」

落ち着いて、と背中を擦りながらアランは懸命に慰めていた。それでもラファエルは落ち着かない。

「なら他の奴を探す。もっと簡単にナカイキってやつできる様にしてくるから待ってろよ！」

そのセリフにアランはイラだった。

「お前、何を言っているか、分かっているのか？」

――あいつの声が低くなった。アランが怖い。でも……もう止まらない。

ラファエルが、およそ『らしからぬ』舌打ちをし、帰り支度を始めた。

「待て」

「待たないよ。手を放せよ」

「さっきのお前のセリフな。あれ『貴方が好きです』って意味だぞ？」

「は？　違うし」

言われて、自分が言ったセリフを思い出す。

――ばれた？

自分でも耳まで真っ赤に染まるのが分かった。

「…………」

「ほら、言ってごらん。俺の事好き？」

「言わないよ！　違うから」

ラファエルは頑なに口を閉ざす。

「なら俺が言ってあげるよ。ラファエル。好きだよ。俺が感じさせてあげる。だから、お願いだ。他の奴とやるとか、言わないでくれないか。もっと自分を大切にしておくれ」

ギュッと抱きしめ、背中をとんとんと優しくたたく。少し安心したのか、小さな声で話し始める。

「ん？」

声が小さくて聞こえない。もう一度聞くと、「あの後……」ラファエルは何かを話し始めた。

「俺、あの近くをウロウロしていたんだ。でも何度探しても、あんたには、会えなくて」

「忙しくて家に帰らない事も、よくあったからな。ごめん。お前はなんでコールボーイを？」

「ゲイバーで、バイオリン弾かせてもらっているけど、それだけじゃ生活成り立たなくて。誘われるまま、金貰ってセックスしてたんだよ。あんただから言うけど、あんな事あっただろ。もうどうでもいいって思って」

「そうか」

「ん、でも色んな人いてさ。痛い顔すると欲情してもっと痛めつける奴とかいるから、なるべく感情を持ち込まない様にしてたんだ」

ラファエルの傷ついた目を見て、アランは無性に腹が立った。人が大切にしようとしているものを、勝手に傷つけるとか、過ぎた事とはいえ、許せなかった。

「だから、この家のドアが開いた時、そこにいたのがあんたで、本当は嬉しかったんだ……」

指先が小刻みに震えている。

「抱いてくれないって思ったら、また会えなくなるのかと思って。適当な奴で穴広げたら、もっと感度も良くなるだろうし、そうなったら貴方は、もっと俺と会ってくれるかもって思った。もう捨てられたくなかったんだ」

「捨てた覚えはないぞ」

「そうだよね。でも、もう遅いかも。明日はもう前金で予約入ってんだ」

諦めた様な顔して、『潮時ぃ』と笑った。

「今まで素股やSM本番なしで、ホント、うまくすり抜けてきたと思うし、どっちにしろ、知らない奴にガバガバにされちゃうよ。まぁ、とっくにヴァージンじゃねぇけど。でもそいつ、玩具が好きって書いてあった。もしかしたら、俺が玩具って意味かもしんないね」

アランは怒りが収まらなかった。

――玩具が好き？　お前が玩具？　冷静でいられない。

アランの拳が、強く握られ、震えていた。

明日になれば、ラファエルはどこの誰かもわからない奴に好きにされる。もう逃げられない事は分かっていた。

だからこそ、ラファエルは今日の偶然にしがみつきたいと思った。

中で逝った事がないからアランが抱いてくれないと言うのなら、とりあえず誰でもいい。アヌスを広げ中で逝く事を教えてもらいたいとラファエルは考えていた。

支離滅裂なんてラファエル自身も分かっていたしそれほどにアランを好きだった。

アランの目がゆらゆらとゆれた。自分を大切にしないラファエルに腹が立つ。それでも、そうならざるを得ない元の感情はひとつだとアランは知っていた。

「ラファエル、お前の言っている事は滅茶苦茶だけど、でもそれは俺の事が好きだからなんだろう」

しばし黙っていたラファエルは、頷いた。

「うん、ずっと――――」

アランはラファエルを抱きかかえると、ベッドに移動し、そこからは、なるべくゆっくり、痛くない様に解し、後ろの穴を舐め上げ、大層な時間をかけて愛撫した。乳首にキスをすると、チュッとなる可愛い音がなんだかおかしい。

ぱっくりと開いた鈴口から、透明な液体がたらたらと垂れている。

不安そうに瞳を彷徨わせるラファエルは口の悪さとは裏腹に、生まれたばかりの仔羊の様だった。

「ゆっくりするから、息を吐いて」

「こう？」

言われた通りに息を吐く。

「そうだ。良い子だ。挿れるよ」

「んん」

無意識に声が出た。

「痛いか？」

ラファエルは左右に首を振る。

「幸せなセックスなんて、初めてだ」

ラファエルは痛みに顔を歪めた。

なんとか、きつい穴に途中まで挿れると、ラファエルは意識を飛ばし落ちていった。

「やれやれ。まだ先っちょしか入ってないんだがな――。明日の妨害どうするか」

身体を綺麗にしてやり、アランはベッドに寝かせる。明日は朝ご飯でも作ってやるか。そう思いながらそのままアランも落ちていった。

◇

目が覚めると横にいたはずのラファエルはいなくて、サイドテーブルに一枚の紙があった。

『ごめんなさい――』

「はぁ――――――――――――？」

つい声が出た。

「まじか」

それからのアランの行動は速かった。

ヘブンに電話して、今日の違約金を払うからと、ラファエルの仕事の予定をキャンセルさせた。こういう時は、知名度がありがたい。

ラファエルには、キャンセル理由は内緒だという約束まで取り付ける事に成功した。

我ながら必死すぎて笑えるとアランは自嘲した。

「ラファエル、アランから指名来てるわよー？」

「休みって伝えて」

「勿体ない。何が不満なの？」

「不満なんかある訳ないじゃないか」

椅子に跨り顎を背もたれに乗せ、なかば放心状態だ。

「じゃぁ、なんなのよー」

「アラン以外の仕事はないのかよ」

「ないわよー。不思議ねー」

実はちっとも不思議ではない。ラファエルには内緒だが、仕事が入ると倍額で買い取る契約で、よそからの仕事を断る様にアランと契約したからだ。

出かけようとするラファエルを見てサクラは声をかけた。

「あんた、何してんのよー」

「明日、シュバルツの森、出勤じゃん。生け花する日なんだよ。花屋見て、そのまま帰る」

「ナンパされちゃダメよ」

「なんでー」

「なんでもよ！」

「はいはい。サクラ、また来週ね」

薄手のジャケットをさっと手に取ると、そのまま外に出た。

「もー、ほんとに我儘な奴。あんなの両思いじゃやない。妨害の手助けするこっちがばかばかしくなっちゃうわ」

サクラはラファエル宛ての仕事の依頼をピックアップすると、そのままアランのパソコンにスケジュールを送った。

ラスパイユのマルシェ

パリのラスパイユのマルシェを歩きながらラファエルは先日の事を思い出していた。

「あいつ何してるかな。会いたいな」

つい本音が漏れた。

朝が弱いラファエルでも、毎週日曜日だけは必ず六時に目が覚める。

楽しみにしているこのマルシェは、新鮮な食材や出来立ての料理、かわいい日用品がずらりと並ぶ。

ラファエルは茄子のガレットが大好きで、くるくる巻きながら食べ歩きだ。

「うわぁ、今日いつもより茄子が多い」

ラファエルはガレット屋のおじさんに投げキッスをすると、上機嫌で散策した。

チュロスも揚げたてが売っていて、見つけたそばから買って、「美味しい！」と子供みたいにはしゃいで声を出した。

「おはようラフ！　朝からすごい食欲だね」

マルシェではラファエルだと分からない様に眼鏡に帽子にと軽い変装はしている。客に会いたくないからだ。

それでも遠目からラファエルだとバレる。

振り向くと桂《かつら》がジュースを絞っていた。

「朝はバナナが食いたくなるんだよ。桂、なるべく太い奴で頂戴」

フレッシュジュースを作る桂は果物屋の息子で、一色フルーツランドの看板息子だ。

小柄な体のくせに態度はいっぱしで、大物感漂うなかなかやる奴！ しかもセンスがいい。マルシェに来て、一色フルーツランドの前で桂を見つけたら、幸せのクローバーを見つけたくらい嬉しい。

「極太バナナって。今、朝だぜ？ ラフ。相変わらずだな、エッチー」

「うるさいな。食いそこなったから、尚の事だよ」

綺麗な顔にちょっと下品な下ネタがアンバランスで、これがラファエルのもう一つの魅力になっている。

「じゃあ今日のオススメ飲む？」

桂は聞いてきた。

「うん。飲むよ。桂スペシャルひとつね！」

ラファエルは携帯片手に壁に寄りかかり、ナッツとバナナ入りヨーグルトミックスを待った。

「お待たせ！ 五ユーロね！」

「いい香りだね。今日はラッキーデーだ」

「なあ、また別れたの？ この前はデザイナーだったよな」

「デザイナー？ あーいたな、そんな奴」

顔すら思い出せない相手の話を振られて、ない記憶から頑張って思い出す。

「あーいたなって言い方、なんだよ」

「最近は誰とも付き合ってないよ」

「ラファエルさー、バイオリンの演奏のバイトでも、もう食えるよね。なんであんな事するの？　何か忘れたい事でもあるの？」

「趣味と実益」

実際には、本番に至ってないのに趣味も何もあったものじゃない。

「面食いだっけ？」

「あとタッパと、顔と、声と、肩甲骨と、シックスパックと」

「すっごい贅沢」

「そうかー？」

空になったグラスを、店先のカウンターにトンッとのせると、ラファエルはジュースを飲み終えたのか、空っぽの口からはどんどんすごい言葉が出てくる。

「頭の中身はまあまあ譲れるんだよ。でも顔はダメ。挿れられてても、全然感じないじゃないか」

本当はどんな男でも感じないみたいだけどね。桂は思ったけれど、それを口にはしなかった。

「ラフ、つまりどうゆう事？」

道行く人の耳に届かない様に、小さな声で言った。

「顔が良いと腹の下あたりが熱くなるんだよ」

朝する会話じゃない。

「イケメンって、大抵イケボだし、それで耳元でエロい事言われたら、それだけで後ろの穴も締まるから、やりたいモードが全開になる。だから、見ていてそそらない様な顔はまず勃たないよ」

おっきい声で言うなって！　桂は慌ててラフの顔を見て、口の前に指を一本立てた。

通行人がチラチラ見ていく。

つかつかとこちらに歩いてくる男がいる。ちらりと横目で顔を見る。あの男。

「やば！」

ラファエルは慌てて帽子を目深に被り直した。

「ラフ？　どうしたの？」

「なんでもない、桂。知らないただの客の振りしてくれ」

桂はきょとんとした顔をしたけれど、すぐさま何もないかの様な顔をしてくれた。

「いらっしゃい。アラン」

「やあカツラ！　今日も一杯貰おうか」

どうやら桂のお得意さんか。尚の事やばくないか。ばれんなよ。

「やあ、こんにちは。君は何を飲んでいるの？」

だから話しかけてくんなって。ちらりと桂を見ると、

「アラン、この人ちょっと人見知りっぽいから」

ジーッとラファエルを見ていた男が、クスッと笑った気がした。

「Tu es sérieux《まじか》? Oui《よ》」

疑ってんなって思った瞬間、アランはラファエルのジャケットのポケットに何かを入れた。

ポケットに気を取られていると、桂のいる方からどんどんと音がした。

エスプレッソの粉を桂がぎゅっと詰めている。

フルーツ屋なのに何でエスプレッソマシンがあるのか、ずっと不思議だった。

「はい、アラン。いつもの。ホント好きだよねこれ」

「旨いからな」

「わざわざうちでこれを飲む理由、俺っちいまだにわかんないんだけど」

粉を捨てながら桂が不思議そうに言った。

「俺が淹れるより遥かに上手だろう」

「エスプレッソ・ロマーノを飲める場所がパリには少ないって、何年か前にこのでっかい機械を無理矢理押し付けて来た時には、自分の店でも飲めるじゃないって心底思ったけどね」

「自分の店?」

ラファエルはつい口を滑らせた。

それに反応するようにちらりとラファエルを見るアラン。

チップだと十ユーロ払って、アランはその場を去っていった。

「気になるなら電話して」

ラファエルにしか聞こえない小さな声。耳元で死ぬほどいい声で囁かれたラファエルは、その場から動けなかった。

「何か言われた？　大丈夫か？　あいつ女たらしだぜ」

桂が声をかけてくる。ぼーっとしているラファエルを心配したのか、大きい声でなにかを言っていた。

頭上を通りすぎる声はセーヌ川に吸い込まれる様に消えていった。

――女ったらし？　まさか。

桂のセリフに目を見開いた。

「なあ桂、あいつ知り合い？」

桂は気にしませんって顔して仕込みをしながら答えてくれた。

「RESTAURANT《リストランテ》 Die Walküre《ワルキューレ》のグランドシェフだぜ。恐らく世界トップファイブには入る腕前。うちも果物、卸してる」

シェフの手癖の悪さで、セルヴーズ（女性給仕人）がいつかないのが残念なところらしい。

――それはフェイクだよ。桂。

ラファエルは自分の見たものしか信じない。噂の類いには全く興味がない。アランからは女の匂いはしないのだ。

でも今は黙っているのが得策な気がするとラファエルはそれ以上の詮索はしなかった。

「へー」

さして興味ありませんとでも言う様にラファエルは流す。

「じゃあな」

ラファエルはマルシェを後にした。

◇

家に帰るとポケットから手を出した。

歩きながら無意識に握りしめていた紙には十桁の数字。携帯電話の番号が書いてあった。

遊び人らしいさりげない対応だ。

ラファエルと分かってのナンパか否かは踏み込まなかったから予測すらたたない。

どっちにしても、きちんと最後まで出来ない様な身体では、好きな奴すら満足させられないと、番号の書いてあるメモは机の奥深くに仕舞った。

差し出された手を握り返す事もできない。大概矛盾しているけれど、それでも嫌われたくはないんだとラファエルは自分の気持ちを理解した。

音に誘われて

日曜日の早朝、たまにはのんびりしようと、俺は公園を散策していた。

誰かがバイオリンを弾いているな。

えらく綺麗な音色だ。

『シェフ、楽器は奏でる人の心がよく分かるんだよ。音が澄んでいる人は、心も澄んでいるものさ』

と、店のお客様に聞いた事がある。

俺は音に引き寄せられる様に、足早に歩を進めた。

清々しい青空の下、大衆に囲まれてバイオリンを弾いている男がいた。ラファエルだった。

神の再来かと思う容貌に、マリアを思わせる様な微笑みを携えたラファエルは、周りの喧騒なんか気にもせず、音楽を奏でている。

「俺は神様なんか信じてなかったんだけどな。今回ばかりは神に感謝だ」

小さな頃からしているのだろうか。楽器は毎日弾かないと腕が鈍ると聞いた事がある。

ラファエルのバイオリンは、とても澄んだ音色だ。

俺は邪魔をしたくなくて遠くのベンチに腰を下ろした。

時間が経つにつれ人が疎らになり、最後は俺たち二人だけになった。

突然旋律が止んだ。

「声かけてこないの？」

代わりに不安を交えた音色が鳴っていた。

俺に向けられたものだと解るのに二分は費やしただろうか。

「気づいていたのか……」

ラファエルはアランのセリフにポカンとして、おもむろに相好を崩した。

「あははははは。あんなにガン見されたらそりゃね」

「なっ、笑わなくても良いだろ」

ラファエルは俺の横に腰を下ろし、話し始めた。

「最近ヘブンにも電話はないし、かわいい恋人でも出来たのかと思ったよ」

「電話して指名しても、来てくれなかったからな。次の手を考えていただけだ」

「理由が、分からなくてさ」

俺は黙って聞いていた。

「コールボーイのくせに、ろくにセックスも出来ない様な奴の、いったいどこが良いのかなって」

ラファエルの言葉に俺はびっくりして……、

「関係ないよ」

俺はそれしか言えなかった。

「で……アランさんは何しにきたの？」

「アランさんって……、まぁいいか」

どう伝えたら、自分の気持ちが伝わるのだろうかと考えた。選ぶ言葉が凶器になる事を、俺は身をもって知っている。

あの日アランは、馨から聞いたHEAVENに電話をかけて、ラファエルを指名した。二時間か半日かで料金は全然違ったけれど、自分に抱かれたその足で、他の男のとこに行って欲しくなかった。

そして俺はそう言った。

「ラファエル？」

あの日、感情が高ぶったラファエルに言われた言葉は、今でも心に刺さっている。

「誰とでもセックスするくせに！　俺じゃなくても良いくせに、年下だからって馬鹿にしないでよ」

渦巻く感情の正体は、ラファエルにも、もはや解らなかった。

解っているのは、何気ない俺の一言が、ラファエルを傷つけた、という事だけだった。

「今日は久々に指名をしようとしたんだ。そうしたら、お前は休みだと言われてな。日曜日は絶対に彼は仕事をしないからって」

「そう……」

「どこにいるか聞き出そうとしたけれど、個人情報だと言われ、頑なに拒まれた訳だ。でお手上げって思って、ふらふら歩いていたら、バイオリンが聞こえてな、聞いた事のある綺麗な音だったから、もしかしてと近寄ったら、お前だったよ」

神様っているのだな。消える様な声を拾ってくれたのは――「そんなの……こっちのセリフだよ」可愛い俺の天使だった。

ラファエルにそれを伝えたら、堕天使だけどねと笑っていたけれど、俯いた目から涙が一筋零れていくのを、俺は見逃さなかった。

そんな綺麗な心の堕天使がいるもんか。俺はお前を幸せにしたいんだ。

「付き合って欲しい」

アランは手を差し出した。

「気が向いたらね」

素直になれない。

「ラファエル、俺が必ずお前を幸せにするから」

二人は夕暮れ時のセーヌ川を並んで歩き、ラファエルが恥ずかしくて離そうとした手をアランはしっかりと握り直し、この感情に名前をつけるなら、これが幸せってやつなんだと思った。

初めての……

ゆっくり話をしようと言われラファエルはアランの家に行った。前に来た時にはあった、他の男の匂いはしない。

大きなリビングにこれまた大きなベッドだけが一つ真んまん中に置いてある。他にくつろぐ所も見あたらず、ラファエルはベッドに腰をおろした。

「初恋だ」

アランが何かほざいている？

意味不明な単語がラファエルの頭上から降ってきた。

「ごめん、もう一回言って？」

「だから初恋なんだ」

「誰が？」

「俺が、だよ」

大きな図体に似合わない、うっすらとピンクに染まるアランの頬を、ラファエルは指で突ついた。

「ねぇアランさん、確認していい？」

「どうぞ？」

「今まで何人と寝た？」

「男女合わせたら数えきれんな」

「え？　ゲイだよね」

「いや、バイだな」

「はぁ――――――――――？」

アランが耳を塞ぎたくなるくらいの大きな声が、アパルトマンに反響していた。

「初恋って、意味、分かってる？」

アランは盛大なため息をつき、当たり前じゃないかと言った。

「なら初恋は嘘だよね」

「嘘じゃない」

「…………」

「初恋はいつ？」

「お前に初めて会った時」

「嘘つかないでよ」

いいから聞けと、大の大人が必死な顔して頼むもんだから、ラファエルはとりあえず聞く事にした。

「セックスは沢山した。それこそ男も女も顔も覚えていない様なものも含めれば、百人はくだらない。

でも恋はしていない。好きじゃなくても中に挿れれば抜けるだろ？」

「最低――――」

「そう言うな。でもお前との事は恋なんだ。他の奴に抱かせたくなくて、大人げなく妨害もした」

「……妨害？」

しまった！　という顔をしてアランはラファエルを見た。

「どういう事？」

「黙秘」

「アラン？」

「…………」

サクラを問いただそうと、ラファエルは携帯を出した。

番号を押す手をアランが止め、膠着状態だ。

「アラン？」

「だから……、お前が『ごめんなさい』ってメモを残して消えたあの日、すぐにヘブンに、電話したんだ」

「うん、あれ以来俺は仕事がないんだけど、そろそろ、生活やばいんだけどなぁ」

すごい冷たい形相。そういえば誰かが氷のアンジュとか言っていた。あれ、こういう事かもしれないと、アランは理解した。

「全部、お前に入った仕事、キャンセルさせた。もちろん違約金は払っているぞ。お前に分け前がいってないだけで」

呆れたラファエルは、ソファにどすっと腰を下ろし、右腕をサイドテーブルにのせ、頬杖をついた。

本気で呆れたのだろう。

「なぁ」

「…………」

「なぁ、ラファエル」

動物園の熊の様にウロウロし始めた。

「なーに。鬱陶しいんだけど」

顔に俺は不機嫌です！　と書いてある。

「コールボーイ、辞めてくれないか」

アランは頭を下げた。

ラファエルは頬杖をついていた腕をサイドテーブルから外し、そのままアランのベッドに横たわった。

「飯の種なんだよ。ならアランの店で雇ってくれるのかよ」

「働かなくても食わせてやるぞ？」

本気で言ったのだが、どうやらラファエルのプライドを刺激してしまったらしい。

「あなた、俺をバカにしてるの？」

「そういう意味じゃない」

「HEAVENの妨害をやめるか、アランの店で雇ってくれるか選んでよ」

「そんなの実質一択だ。まあいい。ならワルキューレに来い！　ただ一応言っておく、仕事となれば甘えは許さないぞ」

瞼のすっと下がった青白く光る目は、さっきまでのアランではない。

「俺が好きな目だ」

「なんだ？」

「なんでもないよ」

枕に顔をうずめる。

ベッドでくつろぐラファエルに大きな手を差し出した。

「ん？」

「ワルキューレで働きたいんだろう。さっさと起きろ！　店に連れてってやる」

プライベートの甘い声とは裏腹に、命令口調の声。

「Oui《はい》, monsieur.」

アランはラファエルを抱き起こしベッドから立ち上がらせた。ラファエルに入り口のフックにかけてあったジャケットを渡すと、外に出てそのまま家の鍵をかけた。

アパルトマンからセーヌ川を渡り、隣のシテ島に進む。

「近いの？」

「いや、遠い」

アパルトマンから遠ざかっていく。

「アラン、もうサン・ルイ島から橋を渡っちゃったよ」

身長が違うからか、悔しいけれど歩幅も違う。どんどん進むアランを急ぎ足で追いかけた。

シテ島に入ったあたりで、アランが立ち止まり、ポケットに手を突っ込み鍵を出す。その鍵をラファエルに渡し、目で促した。目の前に停まっている沢山の車に目を奪われ、鍵と車を見比べて、まさかと後退った。

「水を買ってくる。乗ってろ」

「乗ってろって、アラン……」

「シルバーのアルピーヌだ」

何となく先に乗るのも憚られ、ラファエルはその場で待っていた。水を買って帰ってきたアランはその光景に含み笑いをし『姫は開けてもらわないと乗れないのか』とからかった。

助手席に乗ったラファエルは素朴な疑問を投げかける。

「今日休みじゃないの？」

「今の時間なら多分誰かはいるぞ。デミは毎日火入れするからな」

「デミ？」

「デミグラスソースの事だ」

アランは車を走らせる、開けた窓から入る風が気持ち良かった。

第二章　俺のだから

リストランテ・ワルキューレ

「誰かいるか？」

キッチンから明かりが漏れている。

「ラウールか」

デミグラスソースの火入れの最中だった。

「ん？　アラン、どうした？」

「新しいギャルソンを紹介するために連れてきた」

ラウールと呼ばれたスーシェフは、ラファエルをチラリと見ると、御愁傷様と独りごちた。

「御愁傷様？　アランどういう意味？」

「噂を知らないのか？」

ラウールはそう言うと、また木ベラを動かし始め底がこげない様にデミをかき混ぜた。

「ラウール！　余計な事を言うなよ」

ラファエルはアランの静止を無視し、ラウールのそばに走りよる。とたん罵声が飛んだ。

「キッチン内を走るな！」

ビクッとしたラファエルは、恐る恐るアランを見た。

「約束をしてくれ。キッチンの中は凶器が沢山ある様なものだし、フォンやフュメはフランス料理の肝だ。絶対に店内は走らない。守れるか？」

ラファエルはアランの真剣な目を見て、世界のトップクラスに君臨する男という事がどう言う事か、瞬時に判断した。

「ウィ、ムッシュ」

――――公私混同はしない。最初に言っていた。プロって事だ。

――――それなら、俺もその高みに行ってやる！

「俺はラウール・シモン。君の名は？」

「ラファエル・フォーレです」

「いくつ？」

「二十歳です」

「へー、瑞希と同い年か。実年齢より大人っぽく見えるんだね」

「特技は？」

「バイオリンとフラワーアレンジメントです」

ラウールはアランが連れて来た変わり種に興味があるらしく、嫌そうなアランを無視して話を続けている。

「酒は飲める？」

「はい、一応……ワインは好きです……まだそんなに飲んではないけれど」

ムッシュ・ラウールはクスクス笑っている。

「緊張しなくて良いよ。こいつとはどんな関係？」

――――こいつ？　アランさんの事か。

「…………」

返答に困る質問をしないで欲しいと、ラファエルは困った様に頭を掻いた。

「えーっと」

「うるさいぞ。口説いている最中だ」

アランが横から口を挟んできた。

「なんだ、落とせてはいないのか」

だっせーと言いながらラウールは爆笑している。

「ダサくはないぞ！」

不愉快そうに睨んでも、ラウールは何のそのだ。

「フランスの種馬とか言われて、男も女も手当たり次第だったくせに、好きな奴一人落とせないとか、超絶だせーだろ」

この人毒舌なんだな、ラファエルがそう思っていると、奥からもう一人出てきた。

「ラウール、そんな言い方しちゃ可哀想でしょ」

「はじめまして。東條瑞希《とうじょうみずき》です」

クリクリの大きな黒目、さらっさらの淡い茶色い髪をしたかわいらしい青年、名前からして日本人なんだろうか。フランス語がすごく上手だ。手にはホイッパーを持ち、甘いいい匂いをさせていた。あっ、頬に生クリームが付いている。教えてあげようと思ったら、え？ ラファエルは眼を疑った。

「瑞希、旨そうなもん付けてんじゃねーよ。おねだりかよ」

このかわいい人のほっぺたを、スーシェフさんが舐めた？

「ラウールったら、人が見てる前でダメって言ったでしょ」

「んな事、知らねーよ。旨そうな瑞希が悪い」

おたおたしているラファエルをよそに、アランは仕事を始めてしまうし、これ、この場でおっぱじめたりしないよな。

「アラン、どうにかしろってば」

気を利かせてくれた東條さんが、くすくす笑いながらなんか言ってる。

「店で始めたりはしないよ」

「東條さん……」

ラファエルは耳まで真っ赤にして、ぶんぶんと空中を手が踊っていた。

「同い年だから、さん付けやめようよ。僕もラファエルって呼ぶから、僕の事もみずきって呼んでよ」

取り敢えず、ワルキューレの簡単な五箇条だけ教えるね。と瑞希は言った。
◇新入りは店の磨き上げを心掛ける事。
◇特にトイレはピカピカにする事。
◇返事はすぐにする事。
◇怒られても賄いは美味しく食べる事。
◇やるって決めたんだから、諦めたり逃げたりは決してしない事。
ラウールもアランも普段はあんなだけど、オンモードになったら口悪いから、最初はびっくりするけど、悪いやつらじゃない。分かった？

「はい！」

――まずは打ち解けないと。

――明日からはここが俺の戦場だ。

「あと、今日はいないけど、匠《たくみ》って男がいるよ。僕は『たく』って呼んでいる。ソムリエだけど、今はどっかの誰かさんのせいで、セルヴァーズもギャルソンもいなくてさ、あいつ凄い大変なんだよ。仲良くしてやってね」

チラリとアランを見ると、瑞希は最初が肝心とばかりに釘を刺した。

「今度こそ、手を出して辞めさせないでよね」

呆れた様な目をして、ラウールが注釈を入れた。

「瑞希、悪いが既に口説き中だそうだ」

「え？　もう？　なんか弱みとか握られたりしてなーい？」

――えっと東條さん、じゃなくて瑞希？　すごく良い人。

これから一緒に働くのに嘘って駄目だよなとラファエルは真剣に考えた。

「あのー」

「なーにー？」

間延びした受け答え。ラファエルより十センチは低い身長が話し方とあわさって可愛いさを増長させた。

「俺コールボーイしていたんです」

ラウールも瑞希も絶句？　している。

「コールボーイって、セーヌ川の左岸で？」

ラファエルはコクコク首を動かした。

「アランさんに辞めてくれないかって頼まれて、なら食い扶持稼がなきゃいけないから、働かせろ、って言ったんです。でも俺、中途半端にやるつもりはないし、プロとしてのアランさんの目は、本当にカッコイイって思っているし、なら俺だっててっぺん取ってやるって思っているから、ビシビシお願いします」

皆はラファエルを見た。

「二年、二年後には最高のギャルソンになって見せます！」

床につく勢いで頭を下げた。

「仮にプライベートでこいつと喧嘩しても、店ではプロに徹しろ」

ラウールの親指がアランを指した。

「ウィ、ラウール」

◇

ワルキューレで働き始めて二ヶ月弱、クリスマスも目前で、とにかく覚える事が多い俺は、アランどころの騒ぎじゃない。仕事が出来ないなんて沽券に関わる！

実際ラウールと付き合っている様子の瑞希も、パティシエとしての仕事で忙しくて、色恋なんか後回しって言っていた。それなら俺だって、クリスマスの営業に最高に役に立つ奴になってやる。で、クリスマスプレゼントにもう一度、あの日の続きをするんだ。

「あの日から、やり直そう」

アランは確かにそう言った。

◇

ワルキューレはクリスマスが終われば二週間の休みに入る。

年内最後の営業の後、打ち上げに行って、アランにラウールと打ち合わせがあるから、勝手に入っていてと言われて、家主の不在の家に合鍵で入った。

前も思ったけれど、えらく綺麗に片付けられている部屋は、男の一人暮らしとは思えない。やっぱり掃除してくれる奴がいるのかなぁなんて、くだらない事を考えていた。

フランスの冬は寒い。一週間程の滞在予定なのにそれなりに物がある。それをそのまま床に放りなげ、部屋が暖かくなるまでベッドにごろんと横になる。

ベッドにはアランの匂いが染み付いていて、心臓がどくどく高鳴っていった。

いくらまともなセックス経験がないって言ったって、やりたい盛りの男子、到底我慢なんか出来る訳もなく、俺の手はそのまま下半身に伸びていった。

アランの匂いだけで、腹に付きそうな俺自身を握りこみ、擦り上げる。ベッドにあったアランのシャツに鼻を突っ込み息を吸う。あいつに抱かれているみたいで、それだけで逝きそうなペニスの先からは、透明な汁が滴り落ちた。

「あっあ――――――――――」

アランのシャツを片手に、そのまま果てた。


睡魔に吸い込まれる様に、落ちていった俺は、鼻腔を擽る良い匂いで目が覚めた。

「ん――――」

ここはどこ？　ゆっくりと起き上がって、辺りをキョロキョロする。脱ぎっぱなしの服を片付けた覚えなんか勿論ないけれど、コートはハンガーに掛かっていて、服は綺麗に畳まれている。

自分がした訳じゃないのなら、やるのは一人だろう。

外は明るくて、鳥まで朝を告げている。夜じゃない事だけは確かだった。

「あー、あのまま寝ちゃったんだ。最悪」

時計を見ると、七時半を指していた。

「なんだ、起きたのか？」

声のする方を振り返る。美味そうな匂いを纏った、極上の恋人がそこにいた。

「俺、寝落ちしちゃってたの？」

クスクス笑うアランの顔を見て、記憶がフラッシュバックする。

ちょっと待って？　俺、アランが帰ってくるのが待てなくて、オナニーしていた記憶がある。毛布をめくり、そっと自身を見ると、身体は綺麗で、逝った形跡すらなかった。

それでも袖を通している白シャツは、明らかに自分のものではない。

――シャツだけ着せられている？

「待ちくたびれたのだろう。気にするな。寝落ちというよりは逝き落ちだな」

恥ずかしくて、穴があったら入りたいとはこの事だと思う。

大きく息を吸い、息を吐いた。折角だし、ちょっともんもんとしてる事を聞いてみる事にした。

「役に……」

「役に？」

「だからね、んと、俺は役に立った？　のかなって」

「店のか？」

「うん」

アランがそっと顔を近づけ、俺の額にキスをしてくれた。

「匠、お前のセンス褒めていなかったか？」

「うん。花を生ける視点が面白いって言われた。花がただの飾りじゃなくて、映画みたいに物語が見えるって」

「ならいいじゃないか」

「にぶいやつ！」

小さな声で反撃すると、こつんとお玉が頭から降ってきた。

「痛ーい」

「ラウールと違って、俺はどちらかと言うと鈍感な方だぞ？」

「何をえばってんだよ！」

プイッと背中を向けて拗ねてみた。自分も大概面倒くさいやつだと思う。

「なんなんだよ。朝飯出来てるから食べよう、な？」

「アランに……、アランに、役に立ったって褒めてもらいたかったんだよ」

三つ編みになっていない髪の毛を、トップで高くポニーテールに括った。

アランに触られている髪の毛に神経が集中する。

「なんで俺？　サービスマンとしては、俺より匠の方が、遥かに上だぞ？　あの店は確かに俺のものだが、人のポジションには踏み込まないのが、この世界のマナーだ」

短めのサロンをビシッと締めて、当たり前の事を呑気な顔して言うこの男は、恋愛偏差値は絶対に低いだろうと思った。

「そんなの知ってるよ！　バカにすんな！　それはプロとして、だろう。今は……なんだよ」

最後が聞こえない。

「今はなんだ？」

「鈍すぎだろ！　だから、今は恋人として！　だよ」

目の前で繰り広げられた百面相に、アランが生唾を呑んだのが分かる。拗ねた顔や天邪鬼な態度がとても可愛いとアランは事あるごとに言う。

「褒めてもらって、どうしたかったんだ？」

「あんたが言ったんじゃないか」

「へー、何を？」

――くそっ！　からかいやがって。

吐息が漏れ、空唾を何度も嚥下した。

――したい。

――アランが欲しい。

――抱いて。

ラファエルから漏れる、その色気に反応する様に、アランの目が、射る様な目に変化した。

――息が吸えないよ。

はぁはぁと息をしながら、アランの胸に顔を擦り付ける。

「やり直そうって」

言い終わる頃にはもう俺の口は塞がれていた。

「ンフッ、アッハッ、ハ――――」

――苦しいってば。

「あの日の続きからだったな、ラファエル」

やばいアランの目付き、想像以上に来るもんがある。

「ほらラファエル、お前の欲しいものだ。もう少し口開けろ、そんな小さきゃ入らんぞ」

俺の口に、アランのペニスが突っ込まれる。

「もう少し強く吸えるか？　そう上手。喉の奥に飲み込む感じで、ウッ、アハッッ、そう上手だよ」

「ンッ、アハン、ヒホヒ……ヒィ？（アラン、気持ちいい？）」

「咥えながら喋るなよ」

アランがラファエルの後頭部を押さえながら、喉の奥にペニスを押し込んだ。

「クリスマス前の忙しい間、お前、一人で後ろ弄っていただろ、ケツん中、凄い柔らかいよ」

「ふぁほんなとほとこふぁふぁっひゃふぁへ（あっそんなとこ、触っちゃだめ）」

「こら、咥えたまま喋るんじゃない。出ちまうから、待てって」

口から、そそり立つペニスを抜くと、俺の後ろにあてがった。ヌチッと粘液が混じる音がする。

「アラン、待って、怖い」

「焦らすから怖いんだよ。ほら、俺にしがみついて。後ろの穴にだけ、集中してごらん。挿れるよ」

アランは奥に向かって一気に突っ込んだ。

「ヒー、で、かぃ、だめってば」

やばい、あたる、グリグリくるー。動かさないで。

「いや、ダメって、ン、ハァ」

足の爪先まで痙攣しているのがよく解る。枕を掴む指に力が入る。引きちぎってしまいそうだった。

「ほらまだまだだよ。まだ途中までしか入ってないだろう」

「ン――――」

「まて、締めるな。力を抜け。ラフ、エクスタシーがよく解らないんだろう？　ゆっくり、教えてあげるから。そう良い子、力を抜いて」

俺の腰を適度に揺すり、アランのペニスがゆっくりと入ってくる。

「挿れたまま、体の向きを変えるぞ」

言うなり俺を持ち上げると、駅弁スタイルになった。

「ほら乳首も」

口で乳首を弄ばれる。

「ンアッ、ン――――」

「落ちない様に、しっかりとしがみついて」

アランが中を擦りながら、乳首をしゃぶる。もう片方の手は、中心で可愛く勃起したペニスを触っていた。

「同時責め、気持ちいいんだろ。さっきから涎が出まくって、お口の締まりが悪いよ」

いやらしそうな笑いをして、俺の胸に唾液を垂らす。

「うるさいなっっ、ヌルイ動きで休憩タイムかよ」

睨む俺に、アランはクスクス笑い、鈴口に爪を立てた。

「まだそんな事、言える元気があるのだな。年の差があるって事はな、お前の知らない世界を知っているって事だぞ」

くそっ。

片足が肩に担がれ、アランの更にでかく太くなったペニスで、俺の腹の奥はかき回された。

「タンマ」

「タンマじゃないだろ。待たないよ」

「だって、ナニ、コレ、変」

やばい、やばい、変なとこに入っていく。

「ンァ――――ヤダ――――。イヤ――――。ユ、ユル、シテ――――」

「大丈夫だよ。ここがS状結腸な、あたると最高に気持ちいいだろ？」

身体がビクッビクッとネコの様になる。

「死んじゃう、いや！　無理ってばぁ。そこばっかり、だめぇ、アラン」

大きく見開いたアランの目は、宝物を見つけた様にキラキラして、ペニスを触りまくった。

「ラファエル、まさか、中だけで逝けたのか？　こっちからは射精してないぞ？」

俺はもう何も話せなくて、喉から出る呻き声に、自分が人間かも忘れてしまう。

「イキッぱなしだな。大したものだ。でも、今日はここまでにしようね。お楽しみは後まで取っておくタイプなんだ。次はチンコを触らずに逝くまで、決して止めないからな」

「次じゃイヤだ」

俺は、遠のく意識の中で貪欲にアランを貪った。こんなに気持ちいいの初めてだ。

――――アラン、あんたの全てが欲しくて、たまらない。

「中に寄越せよ。今寄越せ。お前は、ぜんぶ、アハッッ俺のだから」

しょうがないボーヤだな。アランは言うと、腹の奥の深いところに、どくどくと注ぎ込んだ。

「ほら全部やるよ。お前の奥で、全部飲め。良い子だ。ケツ締めて漏らすなよ。お前が欲しくて仕方がない、俺の精子だろ」

『俺のだから』初めて聞いた、ラファエルの本音。素直になれないラファエルの告白。

捕食者としての、アランのスイッチが、カチリと嵌まった瞬間だった。

「愛している、ラファエル」

浮気者

「信じられない！　あの浮気者！」

シラフのくせにくだを巻いているラファエルは、ストリートバスケのコート脇にある階段に腰を下ろし、生温い風が吹くのを感じていた。

「聖《ひじり》、まだ練習するのかよ」

彼は桐野《きりの》Jules《ジュール》聖吾《しょうご》、日本人の父親とフランス人の母親の間に産まれたハーフでリセ（高校）時代の仲間。ラファエルにとっては言わば腐れ縁。

皆がショウゴと呼ぶもんで、天邪鬼なラファエルとしては同じなのが気に食わない。自分にとって特別な友達は、呼び方も特別がいい。

そんなことをショウゴに言ったら、聖吾の聖はひじりと呼ぶと教えてもらった。それ以来ラファエルは桐野を聖《ひじり》と呼んでいた。

「待てないなら帰れ」

「いや、待つけどさ」

「おい、ラフ」

聖はボムボムとドリブルしていたボールをラファエルに投げつけた。

「んだよ」

「ちょっと体動かせよ！　頭しか使わないから、不眠症なんかになるんだよ。仮に浮気されても、体が疲れていたら眠れるんだから」

「眠れないよ！」

それでも、ボールを渡されれば、とりあえずドリブルする。

「HEY! HEY! HEY! ホラホラ、いっただきー」

ラファエルの手にあったバスケットボールは聖の手によって叩き落とされ、それをキャッチした聖は、そのまま派手な仕草でバスケットゴールに上から叩き込んだ！

「うわッあのお兄ちゃんカッコイイ」

「あれダンクって言うんだよ！ すっげー」

近所の子供たちがわらわら集まってくる。

「くっそ、こんな簡単に取られるとか」

スイッチが入る。勝負事は大好きだ。

ラファエルはいつも片側に緩くひとつに纏めている髪の毛のゴムを外し、きっちりポニーテールに結び直し、そのまま、くるくるとお団子風に纏めあげた。

「ほら、抜いてみろよ。ラフ」

「俺、バスケもバレーボールも得意なんだけど、突き指したら嫌だから、あんまヤんないだけですよっと」

カット――――。

「ちょっと待てよ」

「待てって言われて待つバカいないよ」

久しぶりに聖とバカみたいに遊んだ。あいつがいたから一人でもんもんとする事もない。

「なあ、ラフ」

「ん―――――？」

あっ、語尾が異様に伸び始めている。激甘モードに突入するとでるラファエルの昔からの癖。

「誰を思い出しているんだ。今ここにいるのは俺だぞ」

腹が立つので抗議した。

「なぁ、なんで俺じゃ駄目なんだ？」

桐野は伝わらない想いを吐露する。

何度目になるだろう。報われない想いを必死の思いで紡ぎだして早〇年。自分でもいつから好きなのか、もう忘れてしまった。

「なにがー？」

ボールの音が響くゴムのコート。桐野とラファエルの靴の音が交差する。

「お前の恋人ポジションの事だ！　そもそも何度目だ、あの種馬！　いささか愛想つかしたりしないのか？」

「愛想つかすって？」

ラファエルからだだ洩れる甘い匂いは留まることを知らない。

「だから、別れないのかと聞いている」

「バカじゃないんだから、愛想つかすって言葉の意味くらいは分かるよ。失礼な奴だな」

「はいはい、そりゃ失礼いたしましたぁ。だいたい俺は自分の大切なものを傷つけられるのが、許せないんだ」

ラファエルからボールを奪い返しスリーポイントを決める。

「だから、なんで愛想つかすの？　って意味だよ」

「バカにされてんだぞ？」

「バカにはされてないよ。アランがバカなだけだろ。誘惑に下半身が勝てないんだ。でも妊娠させたら別れるって言ったから、絶対に女は抱いてない」

「男だから良いとかでは無いだろう。お前がそんなにあいつに合わせてやる必要なんか、ないじゃないか」

「必要？」

「――――――カット――――――」

「あっ聖てめえ待てよ！　狡いだろう」

一気に連続ゴールを決める。シューッ。

「ッシャー」

桐野は小さなガッツポーズをした。

子供たちの拍手が鳴り響く。

「綺麗なお兄ちゃん、やられっぱなしだよー。頑張って――――」

女の子たちがラフの側に寝返った。

「猫に小判！」

桐野が叫んだ。

「何が――――！」

凄く良いタイミングでディフェンスに入る。

「いいポジション取るじゃないか、ラフ」

「スポーツ嫌いな訳じゃないんでね！　突き指したくないから極力しなかったって、さっき言わなかったか？」

上がる息を整えるように、深呼吸した。

「でも、まだまだ甘い」

言うなりバックチェンジで抜かされた。聖のテクニックはリセ時代から抜けていた。

「もう一回」

ラファエルが食い下がる。

今度は振り向き様に、聖の行くだろうターンに、俺も体を振り、思いっきり地面に叩き落とす。

「あー、くそっ」

「お返しー」

何かを忘れるように必死に走った。

「綺麗なお兄ちゃん、いけー」

◇

「は――――――――――っ」

つっかれたー。久しぶりにこんなに汗かいた。今すぐシャワー浴びたいなぁと、聖はTシャツで顔の汗をぬぐった。

「ありがとな。ひじり」

「いや、惚れた弱みだろ」

バツが悪そうに、チラッと目線を送った俺に、聖は気にすんなって顔して、笑って見せた。

「お兄ちゃん、ひじりっていうの」

「ん？　お兄ちゃんはしょうごって名前だよ」

子供たちはえーとか嘘だーとか、ぶつぶつ言っている。

「ひじりっていう漢字はこうやって書くんだよ」

ラファエルは子供たちに、土の上に棒で書いて見せてやった。

「でこいつの名前は『きりのしょうご』、漢字で書くと『桐野聖吾』つな？　しょうごの『しょう』

がひじりと同じ漢字だろ？」

「ほんとだ！」

「でもなんで『ひじり』って呼んでるの？」

「君たちだって、好きな奴の特別になりたくないか？」

「うん！　なりたいよ」

「だろ？　お兄ちゃんも、俺だけの呼び方が欲しかったんだ。特別だから、あいつ」

聖は不愉快さを隠しもせず、バスケットボールのゴールにボールを叩き込んだ。

「なんでそんな機嫌悪いんだよ」

悪びれない様子の俺に、ボールを投げつける。

「俺はお前の特別なんだろ？　なのに、なんで俺じゃ駄目なのか意味が分からないからだよ！」

「一番大切な友人じゃ、だめか？」

俺のセリフに聖は大きなため息をついた。

「昔からほんと変わらないな」

「ん――――？」

「俺がお前を嫌いになれない事を解っているくせにさ、狡いよ。特別なんだろ？」

違うのかと腕をつかまれた。

「アランはもっと、特別なんだよ。だから浮気されても捨てられない。でもきっとアランは、俺なんかいなくても。だからお前にぐち言いたくて……狡かったよな。ごめん。もうやめるよ」

「くそったれ！」

あーもう、どうせ惚れたもん負けなんだから仕方がないよなと聖はガシガシ頭を掻いた。

「少しは息抜き出来たのかよ」

聖の気づかいが俺は嬉しかった。

「うん」

そう言うと、こうやって笑う顔は心を許している様に見えると聖も嬉しそうに言った。

「一番大切な友人か」

「うん。誓う！」

「なら、その大切な友人から一つ忠告だよ」

「なーに？」

上目遣いで見上げる、俺の額に、冗談とも本気ともつかない表情で軽くキスをする。

「聖……」

「あの手のやつは、甘やかすとキリがないんだから、別れる気がないのなら、嫌なことは嫌だと伝えるべきだ。お前、自分にアランは勿体ないとか思ってんだろ」

「なんで分かるの？」

「バカ言うな。アランにこそ、お前は勿体ないんだ！　自覚しろ」

「聖、何言ってんだよ」

俺はTシャツを捲り顔を拭いた。

聖が俺の腹を凝視する。それに反応する様に、視線を自身の腹に落とすと無数のキスマークが見えた。

「お前は極上品だ」

ブンブンと顔をふって、必死に違うと拒否をする。

「たまにはお預け食らわせてやったらどうだ？　そんなキスマーク付けさせてないで」

「三日なら」

「は？」

「だから、俺、三日なら禁欲出来るかも」

「それくらいアランのじじぃでも出来るだろ！」

「じじぃ」に反応して、俺はイヤそうに片側の眉を上げた。

「アランは無理だと思う。毎日したがるから。それに俺だってアランのあの目に見つめられたら我慢なんかできないよ」

俺はアランのことを本当に愛しているのだ。今だってアランの事を考えるだけで頬が紅潮する。それを見て、聖はくやしそうな顔をした。

「俺なら泣かせないのに」

桐野は一人ごちた。

夢の国のひととき

「男六人で来るとこじゃないだろう」

ラウールは心底嫌そうな声を出した。

ラファエル達は東京の新しいテーマパーク、ワンダフルランドに来ていた。

そろそろ新しいテイストの料理を入れたいと休憩中に話題になり、それならば、「ひさしぶりに外国に研修旅行にでも行くか」とアランが言った。「なら今年は日本が良い」と、瑞希が言い出したのが発端だった。

そんな研修旅行を無事終えたこの日は、日本では夏真っ盛りで、どこもかしこも混んでいた。このままホテルを延長して、残り二日ゆっくりしたいというラウールの言葉に噛みつくように、強引にワンダフルランド行きを決めたのは、ラウールの恋人の瑞希だった。


――ワンダフルランド――

今日は日差しも強く、日光の苦手なラファエルは綺麗なピンクブラウンのレンズを入れたサングラスをして、同系色のシュシュで珍しくポニーテールだ。瞬間、気持ちのいい風がふわっと吹き、ポニーテールはたなびき、ラファエルのトワレが甘い官能的な香りを立て始めた。

一人勝手に歩いていたラウールは、何やらどこかで買い物をしてきたらしく、瑞希の頭に可愛い猫耳カチューシャをつけ、瑞希の喜ぶ顔を見て幸せそうに笑っている。

「瑞希何に乗りたい？」

ラウールがさも当たり前だとばかりに言った。

「エ？　何の冗談？　僕はラファエルと乗り物に乗るつもりだよ」

「瑞希！」

ラウールの嫌そうな声なんか、ラファエルと回れる喜びの前には、さらっと流せる程度の問題だ。年も同じだからか二人は仲がいい。

「待てよ。俺だって瑞希と一緒にいたい」

ラウールは納得いかないとゴネて見せると、「散々行きたくないといった男のセリフとは思えない」と瑞希に文句を言われ、「だからだろ」と返した。

「行きたくないからせめてお前といたいんだろう」

ラウールが瑞希を見つけたのは三年前。日本からの交換留学生として、来ていたのが当時まだ十代の瑞希だった。製菓の専門学校からの留学生。パリにある有名な製菓学校に一年間の短期留学。その間に提携しているフランス料理店に修業に来ていた瑞希に一目ぼれし、強引なまでの手法で卒業資格とパリの滞在をゲットした。

「なら耳も一緒に着けてよ」

それなら一緒にいてあげる。おそらくそんな意味合いだ。それなのにごねる瑞希にそれだけは嫌だと断固拒否の態度を崩さず、見えない瑞希の耳としっぽがしゅんとうなだれた。

「俺が代わりに一緒に着けてあげるから」とラファエルは瑞希を慰める。

「本当に？」光の反射した大きな目は、銀のポニーテールを映していた。

「買っておいで」

瑞希はお金を渡されると、脱兎のごとく走っていき、そのままの勢いで最高にイイ笑顔で帰ってきた。

銀髪のシャムネコが可愛いお耳を着けて、苦笑していた。

「満更でもなさそうじゃないか」

ラウールに言われ、軽く足を蹴飛ばした。

「代わりにお守りをしているんですよ。感謝してください」

おとなしくなった瑞希は終始良い子で、何のもめ事もおこらず、時は過ぎていった。

ただ一つ気になるのは、アランがとても静かだったことだ。何が気に入らないのだろう。ご機嫌がちょっと斜めな気がした。

時間的にも残すところあと一つという所だろう。

「最後のアトラクションだな。何にするんだ」

「カルーセル！」

「却下」

言い終わるや否やの怒涛の一言。

「なんでだよー。最後は絶対にこれが良いの！」

駄々をこねる瑞希に、ラファエルが口を挟んでくる。

「あー、今まで乗りたいって言わなかったのはそういう事？」

「うん。思い出って最後が一番印象に残るでしょう」

「瑞希はどの馬が良いの？」

ラファエルが聞いた。

「あの白馬にラウールと乗りたいよ」

「俺は嫌だ」

ラウールはすたすたとカルーセルを横切った。

「なら瑞希、俺と乗ろう」

ラファエルが荷物をアランに預け、瑞希を引っ張っていく。

あーあ。一緒に乗ってやればいいのにとアランに言われて、お前の言える立場か！　とラウールは言い返す。


沢山遊んだその足で、ホテルのエントランスに入る。真ん中にあるソファに腰掛け、アランたちがチェックインしてくるのを待った。

「うわー綺麗なホテル」

瑞希は大はしゃぎだ。

「カラーの違う部屋をチョイスしたから、お前から決めろ」

アランは一番うるさそうな瑞希に言うと、部屋に連れて行った。

「僕ここがいい」

瑞希のチョイスは、ブルーと白を基調にしたマリンタイプだった。

「ラファエルはどこがいいんだ？」

アランが聞いた。

「え？　ラファエルは僕とここでしょ？　僕もうずっとラファエルといる」

冗談を言うなと、ラファエルを自分の腕の中に引っ張り込んだのは、アランだった。

「日中だけじゃ飽き足らず、なぜ夜のお楽しみまでお前に邪魔されなければならん」

「たまには貸してくれたっていいだろう？　アランのけちんぼ」

「ちょっと、やめなよ。相手は子供だよ」

「関係あるか！」

ラファエルは肘でアランを突つくが、二人の喧嘩は止まらない。アランの目がラウールに注がれる。

「テメーの恋人どうにかしろ」

ラウールは何も言わず、マリンルームに入り、ジャケットを椅子に放り投げた。

「瑞希、いい子だから、これ以上俺を一人にしないでくれないか？」

ラウールなんかいらない、と文句を言う口が嬉しそうに緩む。「はいはい」と閉められた扉に、皆は安心した様に踵を返した。

最後かもしれない

黒に赤が基調のクラシックルームに入り、アランは速攻で冷蔵庫を開けた。冷たいミネラルウォーターを取り出しキャップを開けて一口飲むと、サイドテーブルに置いた。ラファエルはそれを手に取り、間接キスの様にペットボトルに口づける。

乾いた唇をペロリと舐め嬉しそうに近寄るラファエルの頬はうっすらと紅潮し、アランの唇がそっと触れた。

「楽しかったか」

「子守りばっかりだったけどね。それなりには楽しかったよ」

「『耳』は可愛かったぞ。食っちまおうかと思った」

「変態っ」

目をそらし悪態をつく。今日はどうしても話さなきゃならない事がある。

「褒めているんだぞ」

「うるさいな」

お湯を沸かし、コーヒーを落とし、ジャズをかける。ラファエルは幸せな様な、寂しい様な複雑な顔をして、アランの横に静かに腰を落とした。必死の思いで、アランに寄り添い、手を握り、スキンシップを図る。

皆でいると恥ずかしさが先行して、アランに甘える事も出来ないとラファエルは素直になれない自分を見つめた。

アランはよくモテる。どんな人もよりどりみどりだ。

輪姦された過去のある恋人なんて、いつかは邪魔になるのではと、恐怖がラファエルを支配した。

他の人を選ぶかもしれない。

天邪鬼な自分なんか可愛くないかもしれない。

いつか捨てられる位ならいっその事、この幸せな気持ちのまま終わりにしたい。

自分勝手なその思いがラファエルを一日中しばりつけた。

最後かもしれないんだ。いっぱい甘えて、それで一回位は、きちんと本音を伝えなきゃ。

十八のあの日、あの大きな手がラファエルを包んだ。傷ついた心にアランの暖かさは心地よかった。

だからアランと恋仲になった。共に働き共に暮らした。

恋焦がれ死ぬまで共に居たいと何度も願い、その度に裏切られた。他の人を抱き他の人の匂いをつけて帰ってくるアランに失望した。

それなのに、別れたいと言えない。そんな自分にうんざりした。


アランはいつも優しい。そしてそれは俺だけにじゃないと知っている。ラファエルはそれが一番嫌だった。

「久しぶりだよね」

なるべく平静を装った。手ざわりの良いソファがラファエルの心を落ちつかせた。

「何がだ？」

「こんな風に、貴方が俺の傍にいてくれるのがだよ」

「そうか？　何を不安になっているんだ。俺はお前を愛しているぞ」

唐突にアランが言った。

「はいはい」

「信じていないのか？」

ここに来るまでもう三週間もまともに話してなかったよ、ラファエルは奥歯を噛み締めた。

黙っているラファエルの頭は大きな手で優しくなでられた。

「忙しくして悪かったよ」

——アラン目当てで来たお客様と、朝まで居たのを知っているよ。

——でも嫌だって言えないんだ。こんな薄汚れた自分じゃ、俺以外抱かないでって、言えない。

何も傷ついていないように努めて明るく振る舞った。

「そういえば、アラン何回浮気した？　九回？　十回？」

朝ごはん何食べるくらいの軽い調子で、大した事は無いとでもいうように、ラファエルは聞いた。

そもそもコールボーイをしていた自分が言えた義理ではない。ラファエルはよく解っている。それでも大好きなアランの手が他の男の腰を抱く。肌を触り、アヌスを解す。心臓を鷲掴みにする声が俺ではない誰かの耳元で囁く。

アランに悪気はない。普段の発言からラファエルを捨てる気はないのだと、よく解っている。

それでも自分に自信のないラファエルは、それが、逃げたくなるほど辛い。

「一回も浮気はしてないだろ」

——え？

流石に一回もしていないと思うのは、おかしいと思う。実際この前、浮気がばれたはずだ。他のを隠したいとして、アランの浮気の定義ってなんなんだろうと考えた。

「質問変えるよ」

優雅にコーヒーを飲む呑気なアランに、ラファエルは一瞥をくれた。

「俺以外の奴の尻に、何回突っ込んだ？」

ぶはっ！　コーヒーを噴き出した。ラファエルはアランが机に噴き出したコーヒーを拭きながら、軽蔑の眼差しで見つめる。

「きたないなー」

「それは誘惑に勝てなくて。男の本能だろ。出来心だ」

「最っ低。だからそれを浮気といいます」

全員、一回ずつしかしていないから、心は伴っていない。と力説された。

アランにとって、心が伴っていなければ浮気とは言わないのだと、この時初めて知った。

「訳分かんない事、叫んでるんじゃないよ」

それでも刃物でも、食器でもなく、クッションを投げるあたりがラファエルらしい。

彼の指は、黄金の指だから。傷つけちゃいけないと本能で解っている。

「お前以外は愛していないと言っただろ」

アランはラファエルの開襟のシャツから覗く鎖骨に、指を這わせ、首の後ろに、ごつごつした節くれだった指を回す。耳に唇を寄せて、チュッとリップ音を鳴らす。「ラファエル」極上の声がした。

「だから信じないって言ってるだろう」

アランは続けて語りかける。

俺は今まで、誰の事も本気になった事はない。お前だけだ。

「放してよ。何回浮気をしたら気が済むんだ。別に俺が傷ついても気にもならないだろう。はっきり言えばいいじゃないか。コールボーイ辞めろって言ったから、今更飽きても、後に引けないって」

「違うって。そりゃー他の奴抱いたのは悪かったと思っているさ。でもお前だけなんだ。ラフ」

顎が掴まれ、綺麗な薄い唇の隙間に舌がねじ込まれた。アランの唇がラファエルのそれと重なる。

ラファエルは首を振り、唇を外し、意思のある目ではっきりとアランを見る。

「店をやめて欲しいなら、こんなまどろっこしい事しなくても、言えばいいんだ。アラン」

消え入る様な声は、アランには届かない。

「なんて言ったんだ?」

「わかったよって言ったんだ」

ラファエルは明るい声で嘘をついた。ギシと軋むソファだけがラファエルの悲しみを吸い込んでいく。最後の旅行のつもりで来た。あなたとの思い出が欲しかった。もう解放してあげるから、だからせめてもう一度だけ……。

最後に俺だけを愛して欲しい。

「愛しているよ。お前だけだ」

アランは言い続けた。

「うん。信じてあげる」

今だけは、今日だけは……。

アランはラファエルを抱えると、クイーンサイズのベッドに落とす。一枚一枚丁寧に脱がされた衣服がラファエルの足に絡まっていく。細いながらにも、しなやかに付いている筋肉はなでられ、大切なものを扱うように抱きしめられた。

うつ伏せにひっくり返され身動きの取れないラファエルは、アランの固くそそり立つペニスが入ってくるのを想像するだけで、逝ってしまいそうだった。

背後から掴まれた腰は、歓喜で震える。アランはそのまま双丘を割り開き、指で皺をなで、蜜壷に舌先を差し込み、ジュッと吸った。

「ん、だめだってば」

可愛い声が漏れる。

背中が弱いラファエルを、知り尽くした男の黄金の指。

片方の手は尻朶《しりたぶ》を拡げ、舌先は先程より更に奥にググッと押し込まれた。もう片方の指を背筋に沿ってツツーッと縦に這わせる。

「いいのはここか？　ん？」

「そんな所で喋らないで」

「もっと気持ちよくしてやる。余計な事を考えるな」

サイドテーブルの引き出しの中から携帯用ローションを出し、歯で蓋を開けた。

ピンッと音が鳴り、卑猥な情欲が溢れだす。ラファエルの背中にどろどろと垂らしたローションを、丁寧に塗りたくった。

「ケツだけで良いんだよ！　アラン。んな女みたいに抱くなよ！」

ラファエルは唸ってみせたが、残念ながら効果なしだ。

「女の体も、男の体も、山程知っているけどな、愛しい体はこれだけだ」

ラファエルの耳元で紡がれるのは、愛の儀式だった。

「だからお前の身体だけは、誰よりも知ってるさ。グダグダ言ってないで、黙ってされてろ」

「やられっ……ぱなしは……性に合わないんだよ」

舌の代わりに、ほんの数センチ出し入れし、なぞる様に触る人差し指に、神経が集中して、喉が渇いてひくついていく。

口ではまだまだ威嚇する力はあるものの、トロトロに融けて、まだかまだかと待ちわびる後孔は、既にローションでテラテラだ。

後孔の皺を一本一本擦る様に、中心に向かって擦り上げる。ヌプっと淫靡な音がして、その音に反応してか、ラファエルの顔は耳まで深紅に染まる。「つい泣かせたくなってしまうな」第二関節までグイッと差し入れて、かわいい恋人の良いところを執拗に押した。

「ンッンーッ。そこ突然しちゃっっ、ンハッッ、いやってばっ」

胸で息をしたラファエルは、背中をのけぞらせて尻を締めてくる。

「そんなおねだり可愛すぎだろう。ほら反対向いて自分で太ももを抱えてごらん」

「そんな格好いやだよ。恥ずかしい、さっさと挿れろよ！　アラン」

息も絶え絶えに襲ってくる快楽を、我慢する様にラファエルは唇を噛んだ。ハアハアと開きっぱなしの口からは、快楽の吐息が漏れていく。

「こら、だめだよ。唇が切れてしまう。我慢しなくていいのに、仕方がない子だなぁ」

アランは唇を噛みながらベッドのシーツを握るラファエルの手を外させ、回転させて自分の方に向かせた。

「一人で我慢するな。俺の背中に手を回して」

言いながらアランは指を抜き差しして、執拗にラファエルの良いとこをグリグリ攻めつづける。指は三本になり、ググーと奥まで入れたり出したり……ぐちゃぐちゃにかき混ぜていく。

意識が飛びそうになるラファエルに気がつき、アランは真っ赤に爛れた乳首を吸い上げる。（ジュプッ）卑猥な音が無音の室内に響いた。

「ラフ、ほらここが好きなんだろ？　涎が垂れているよ」

首筋から鎖骨を慈しむ様に、アランは丹念に舐め回した。アラン自身は痛い程勃ち上がり、ひと回り大きく膨れたズボンは、今にもはち切れそうだ。苦痛に歪むアランの顔を見たラファエルは、自分のローションがついた手で、アランのパンツに手を突っ込みペニスをギュッと握りしめ、一気に上下に何度も擦り上げた。

「ラフ、待てよっ。逝っちまう！」

クッと声が漏れる。

「クソッッッ！　俺だけとか、嫌なんだよ」

もう意識は朦朧としているであろうに、ラファエルはアランに必死に抱きつき、もっと奥まで犯せと煽りつづける。

「後悔しても知らねェぞ」

目を真っ赤に染めたアランは、言うなり再びラファエルを枕に押し付け、尻を掴み一気に蕾に指を四本押し込めた！

容赦のない太い指の動きに、ラファエルは悲鳴を上げる。中指を腹側にグイグイ曲げるとそこはラファエルのスイートスポットだ。

「ヒ――――――――――ツッッ」

涙と涎を流しながらも、腰はもっともっとと締め付ける。

喘ぐ声は音にならず、ラファエルのかわいい蕾は、蜜壷の様にぐちゃぐちゃとローションが纏わりついている。

「もう我慢出来ない。ラフ、お前、責任とれよ」

アランがボソッと呟くと、指を引き抜くなり自分のそそり立ったそれを後孔にあてがい、一気に奥まで突っ込んだ。

最奥にあたるアランの硬く太いペニスは、ラファエルをいとも簡単に絶頂まで引き上げた。腰をラファエルの尻に当てる様に、何度も打ち付けていく。中からペニスを抜こうとしてゴムに手を伸ばした瞬間、ラファエルは無性に悲しくなり、アランに泣きついた。

「いやいや、いやー抜かないで」

「ラファエル、待て、中に出ちまうよ。良いのか？　今まで、中に出すなって言っていたくせに」

「だって、これ、全部俺のなのに、あんたよそ見ばっかり」

ラファエルにこんなことを言わせてしまっている。寂しい思いをさせたことを後悔し、

「ラフ？」

アランは自身のペニスを後孔から抜いた。

「嫌ぁぁぁぁ、抜かないでぇ。お願い、お願いってば、ねぇ、頂戴、ア……ラン」

自ら脚を開き、後孔を露わにする。じっと観られるのは恥ずかしいのだろう。蕾はヒクヒクいっている。

顔を伏せながらも両手で尻を割り、おねだりのポーズだ。

「イヤらしいな。ラファエル、ほらもっとだよ。出来る？」

こくこくと頷くと、力一杯拡げてみせた。

「可愛いよ。そうだ、そこは拡げたまま、ほら口も開けて」

言われるがまま物欲しそうに、口を半開きにする。アランは自身のものを突っ込んだ。

「ほら上手にしゃぶれるか？　もっとでかくして」

突っ込まれたペニスを必死でしゃぶり咥えていく。

喉の奥まで突っ込まれて嗚咽が漏れる。

「おぇ」

「尻……そのまま広げておけよ。冷たいけれど我慢しろ」

言うなり口からペニスを抜くと、ローションをツツーッと滴らせ、蜜壺に再度捩じ込んだ。

「いや――――――――――――――――」

「んは――――っまだ、半分までしか入っていない。行くぞ」

アランはそのままS字結腸の奥まで差し込んだ。

「ア、っ奥はヤメテ、変になっちゃう」

「我慢するな。ほら、もっと声出して、まだ逝くなよ。もう少し我慢して」

きつく収縮する俺だけの穴だ。

「ここが感じるんだろう？」

入れっぱなしのペニスは更に大きくなり、思考回路はぐちょぐちょになった穴の事しか考えられない。

指だけでは物足りなかったのだろう。足の先が痙攣して腹筋までびくびくしている。飛びそうになる意識を、何とか覚醒させ、下腹部をそっと手で押さえる。

「ああこんなにも奥まで……俺の中に……あなたのものが」

知らないうちに泣いていたのだろう。アランの舌が涙を掬う。

「愛している」

内臓を押し上げ、入る限界まで緩いストロークを繰り返し、その抽挿はだんだんと激しくなっていく。ぎしぎしとベッドの軋む音が、情事を更に生々しく感じさせた。ラファエルはアランの口から漏れる声に、神経を集中させた。

「アランの形になってる……うれし……。俺だけのものだ」

——この一瞬だけは、今だけでいいから。

ラファエルのペニスからは汁が滴り、腹の上をテラテラと濡らしていく。

「触ってもいないのに、これはなんだ？　中で逝っているのか」

鈴口をぐりっと爪で引っかかれ、喉から声が漏れる。

「ン————————」

ラファエルは歯を食いしばって声を我慢する。肩が上下し、口は開きっぱなしで、意識を何とか保つのに精一杯だった。

「まだだ。ほら……」

激しさを増した抽挿は、浅いところを何度も擦り上げ、逝きそうになるとラファエルを堪能する様に動きを止める。

「来て、来て――――もっと、やめないで」

かわいい声は、アランの耳元に落ち、消えていく。

「煽るなっ、ラフ……お前のせいだからな」

足首を掴まれ、これ以上開かないってくらい大きく開かされる。縦に割れている後孔から、先程中で出した精液が、ペニスの隙間から溢れてくる。

「潤滑油はいらないな。既にヌレヌレだ。くっっ、締めんじゃねーよ」

言うが早いか遠慮のない抽挿が、ラファエルを襲う。深く突き上げられる度に、エロい匂いと、ビチャビチャとした音が部屋の中にこだまする。

「エッロい音だな」

「恥ずかしい」

「お前の穴が俺のチンコをしゃぶり尽くす音だ」

「言い方……」

恥ずかしくて死にそうだ。

「まだ俺は一回しか逝っていない。もう少し付き合え」

体位を変え、ラファエルは四つん這いにさせられると、顔を枕に押し付けられ、尻だけを上げさせられた。まるで挿れてほしくて我慢出来ない犬みたい。ラファエル自身も腹に付きそうなほど勃っている。シーツに滴り落ちる白濁とした汁は、シーツを冷たく濡らして、まるでお漏らしした様になっていた。

「もっとケツ上げろ。お前のココは誰のものだ」

尻朶《しりたぶ》が軽く叩かれ、その度に中がひくつき、アランのグラインドに我慢出来ないラファエルは、外に聞こえるかという程の大きな声で啼いた。

指の跡がつくほど腰を強く握りしめ、十分は奥を突かれていただろうか。首筋の噛み痕は青紫に色を変え、背中の鬱血痕は、アランが奥に熱いものを大量に放出し終わるまですわれ続けた。

「逃げるなら殺してやる」

アランの極上の告白は、意識を失ったラファエルに届く事は、なかった。

第三章　チューベローズの香り

失　踪

朝から雨が降る、冴えない一日だった。

日本から帰って来て一ヶ月が経ち、通常営業を開始しながら、休みは試作を繰り返した。日本で仕入れたテクニックと食材の組み合わせで、新しい料理も概ね完成しそうだ。

ラファエルは良い花が入ったから花屋によってから店に行くといって、今日は珍しくアランより遥かに早く、家を出て行った。

店休日の今日はこれから皆で試作だ。一色フルーツランドでエスプレッソ・ロマーノと瑞希に頼まれたフルーツサンドを人数分、紙袋に入れてもらった。

「プルルルプルルルプルルル」

永遠に鳴り止まないと思える様な一本の電話は、アランを地獄に落とすには十分だった。

着信相手を見ると店からのコール、何かあったのかと慌てて電話に出る。

「なんだ？」

「なんだじゃないよ！　あなた何したの？」

電話口は瑞希だ。何をわめいているのか分からない。

「落ち着け！　何があったか分からないだろう？　順を追って話せ」

「よくそんな呑気な事言っていられるよね」

涙声で、しゃくりあげたままヒクヒク言っている。

「俺だ、ラウールだ」

電話口がラウールに代わった。

「お前か、良かった！　瑞希じゃ、話が通じなくて」

「良くはないぞ」

「――――えた」

あいつ今なんと言った？

『ラファエルが消えた』

「消えた？」

足元に紙袋がばさりと落ち、地面を見ると黒い液体が広がっていった。

「仕事には真面目なあいつの事だ。まさかと思って机を探したら、アレンジメントのやり方だの、どの花が良いだの、あいつしか分からなかった事が、誰が見ても分かる様になっているぞ」

「すぐ行く」

おもむろに電話を切ると、アランは車を走らせた。

店に駆け込み、キッチンの扉を開けると、その音に反応するかの様に瑞希が振り向く。

「ラファ……、何だ、あなたかよ」

こんなに早く分かったのは奇跡だぞ。今日は店休日だからな。瑞希じゃなければ、ポストは開けてない。ラウールの言葉に匠も頷く。

「あなた今度は何をしたのさ！」

ぐしゃぐしゃの顔で瑞希が噛みついた。

「何もしていない！」

アランは羽織っていたシャツを脱ぎ捨て、店内の椅子にドカリと腰かけた。

「何もなくて、ラファエルが……こん……なの……置いていくと思う？」

瑞希の手にはアランがラファエルにあげたプラチナのリングが握られていた。

「お前なんでそれを持ってる！」

アランが叫ぶ。

「こっちの台詞だってーの！」

瑞希の怒りは収まらない。

「返してくれ！　それはあいつのだ！」

「だから、そのラファエルが置いていったんだよ。分っかんない人だなぁ」

「そんな訳あるか！」

瑞希のラファエル贔屓は、今に始まった事じゃない。今回ばかりはアランに分が悪かった。

「赦さないよ。アラン、何回浮気した？　何回、ラファエルを傷つけた。何回あいつを泣かせた！」

「出来心だ。愛してるのは、ラフだけだ。あいつだってそれは分かってる」

「はぁ？　寝言は寝て言ってよ。ラファエルがどれだけあなたを愛していたと思ってる？　どれだけ、我慢してきたと、どれだけ、許してきたと思ってるんだ！　ふざけるなよ？　愛してるのはラファエルだけだ？　あいつは分かってる？　あんたがラフの何を分かってるっていうんだよ」

「瑞希、落ち着け……」

ワーワー泣き出す瑞希に、アランは何も言えなかった。

「連れ戻しに行ってくる」

アランが立ち上がり車のキーを握る。

それなのに何処を探せば良いかも分からなかった。

ゆっくり振り向くと、ラウールは首を振った。

「家にはいない。既に行った」

「とにかく探してくる。瑞希、指輪を返してくれ」

普段、笑顔を振り撒く瑞希の目から、大粒の涙が溢れ、洋服の袖口がビショビショだ。

「アランのせいじゃないか！　返してくれ？　ならなんでもっとラファエルを大切にしなかったの？」

「瑞希……」

「あんたなんかには、勿体ないんだ。ラファエルはあんたなんかには」

瑞希の拳がアランの胸をどんどんと叩いた。

「分かっている。俺には過ぎた子だって事くらい。ラファエルが傷ついていた事も、この前知ったくらいの駄目な男だ。それなのに俺はあいつを泣かせないと約束すら出来ない。それでもあいつがいなきゃ、あいつじゃなきゃ、ダメなんだ。誰を抱いてもただ虚しいだけだ。快楽で心は埋まらないと知った。あいつだけなんだ。俺が欲しいのは、ラフ……どこにいるんだ」

「なら探してよ！　証明しろよ！　ほら、死ぬ気で探して来いよ――クソったれ――」

瑞希の涙のように、空には冷たい雨が降り注いでいた。

指輪を握った拳でアランの胸を叩き、瑞希は大きく手を広げた。

「ほら！　持っていけよ。どこにいるか？　知るか、ぼけ。今までの事全部思い出せ！　アランなんかに頼らなくても、僕が説得出来るなら、あんたなんかに頼むもんか。悔しいよ……あんなにラファエルを泣かしてきた奴に、お願いしなきゃならないなんて。世界最高が聞いて呆れる。自分の恋人一人幸せに出来ないの？　最高の称号なんか捨てちまえ」

瑞希を抱きしめ、ラウールは早く行けと顎でアランに合図した。

逢いたい

ラファエルが姿をくらませてから、半年がたった。

夜のパリは変わらず綺麗だ。

ワルキューレだって同じ様に営業している。瑞希は仕事以外では口を利いてはくれない。何もなかったかの様に時は廻ったが、それでも仕事が終われば、毎日の様にアランはラファエルを探し回り、方々のつてを頼み奔走していた。

「なぁ、アラン」

「なんだ」

「これだけ探して見つからないとなると、パリにはもういないのではないか？」

ラウールは窓から雨を見ながら、ため息をついた。

「絶対にいる」

瑞希は言いきった。

これだけ探してもいないなら、もう遠くにと考えるのは道理だ。二人は、即座に否定する瑞希の真意がわからなかった。

「なんでそう思うんだ？」

「僕が同じ立場で、もしラウールを諦めなきゃって、身を引いたなら、それでもあなたを見ていたいからだよ。見たくない、他のやつと幸せになるところなんか……死んでも見たくない。でも同じくらい、それを見なきゃ、諦められないんだ」

瑞希が悲しそうに窓の外を眺めた。

「俺はお前を泣かせない」

「分かっているよ。ラウール、あなたは僕を捨てない」

キラキラ輝く星空を見ながら、瑞希は必死にラウールの腕にしがみついた。

「俺だってラファエルを捨ててなんかいないぞ」とアランは反論した。

「何度もふらふら他の奴を抱く男なんか、信じるものか」

瑞希の言葉が胸に刺さった。

「いつも笑って、許してくれたじゃないか」

瑞希の平手がアランの頬に入った。

頭の中でキーンと音がする。

「イタッ」

「最っ低」

あんな華奢なくせに強烈な一発だった。でも、あんな風に泣かれたら、殴られたって怒れない。

――お願いだから、帰ってきてくれよ、ラファエル。

◇

「おひさー」

「サクラ、どうしたんだ？」

ワルキューレに珍しいお客だ。

「見つけたかもぉ」

――何？

アランはサクラを凝視した。

「見つけたかもしれないのぉ」

ガチャン！　皆はビクッとして音の鳴る方を見た。

アランは割れるかと思うような大きな音を立てて、コーヒーカップをソーサーに置いたのだ。

「どこで」

詰め寄るアランをいなしながら言った。

「あんたぁ、痩せたわね」

実際この半年で、アランは八キロ痩せた。

「ううん、やつれたかしらぁ。ラファエルが消えたのがそんな堪えたのぉ？」

「俺の事なんか、どうでもいいから、どこで見た！」

「瑞希くーん、温かいコーヒーちょーだい。外は雨も降って肌寒いしぃ、濡れた体が冷えそう」

「サクラ」

アランがサクラの襟首を掴みあげる。

「ちょっとちょっと、野蛮よぉ。あんたん家《ち》ぃ」

サクラがアランの手を振り払った。

手が出る。慌てて止めに入ろうとする瑞希の予想をよそに、アランは頭を下げ懇願した。

「ふざけないで……頼む、教えて欲しい。どこで見たんだ……」

貰ったコーヒーを飲みながら、サクラはくすくす笑う。

「大の男がぁ、十以上も年下の子供相手に必死だねぇ」

「何とでも言えばいい。もう限界なんだ。あいつがいない事に堪えられん」

アランは聞いた。

「なあ、帰ってきてくれると思うか？」

「さぁねぇ、でも、幸せそうな顔して、あんたの事ぉ、見てたわよぉ」

「俺、の事？」

「そうよぉ、あんたの事ぉ」

見つけたと言ったサクラは、ラファエルがアランを見ていたと言った。

プチパニックだ。

「どこから見ていたって言うんだ？」

「あんたのアパルトマンに決まってんじゃなぁい。多分同じ階？」

そう言った途端、ラウールと瑞希の纏う空気が緊張したのを感じ取り、サクラはごまかすように
コーヒーを傾けた。

「もしかしてぇ、そこのお二人さんはぁ知っていたんじゃないのぉ？」

「ラウール？」

アランが核心に迫ろうと口を開いた。

「サクラ、まさかお前が見つけちまうとはな」

「ほんとだね。口止めしとけば良かった！」

ため息混じりの台詞に辺りを見回し、アラン一人が知らなかったのだと悟る。

「騙されていたのか？」

「騙してなんかないよ。失礼！　言わなかっただけだ」

瑞希の言葉を遮って出てきたアランの言葉は、誰もが予想し得なかった言葉だった。

「良かった――――」

アラン？

「生きてた――――」

「なんなのそれ。んな事言われたら、こっちが悪者みたいじゃないか」

瑞希の顔が歪む。

「行くのか？」

ラウールに言われ、アランはハッキリと頷いた。

「ああ、もう放さない」

駆け出した足音は一目散に愛しいものへ向かっていく。

「アラン！　お前の部屋のひとつ西側だ」

はるか後方、背中から届く声に勇気を貰い、右腕を挙げた。

◇

トントン、トントン、ドンドン。

扉を叩く音がする。瑞希かなー。今日はちょっと遅くなるって言ってなかったか？

ラファエルが扉を開けると、いるはずのない人物が立っていた。

「見つけた」

「アラン、あなた、なんで」

慌てて扉を閉めようとするが、いくらやつれていても、力の差は歴然。閉まるより先に足先が捩じ込まれた。

入り口での押し問答はしたくない。このままだとアランに騒がれて注目の的だ。

「しょうがないな」

入ってと促すと、過去に見たことがないくらい不安そうな顔をしたアランが、目の前にいる。もう我慢が出来ないなんて……そんなのラファエルだって同じだった。

「なんでこんな所にいるんだ?」

ラファエルに詰め寄ると、アランはラファエルを両手いっぱいに抱きしめ、肩に顔を埋め、押し黙ってしまった。

「ア……ラン?」

「なんでこんな事したんだ?」

やっとの事で紡がれた言葉は、チリチリとした痛みをもって降り立った。

「解放、してあげなきゃって、思って」

「解放?」

「そう、俺がいなきゃ、あなたはもっと自由だから」

「自由なんかいらないんだ。お前のいない日々がどれだけ味気ないかがよく解った」

「俺、邪魔じゃないの？」

ラファエルはアランの胸元に涙で濡れた顔をつけ、服に頬を擦りつけた。

「邪魔なわけがない！」

「それに……実は嫉妬深いよ？」

アランの両手にすっぽりと埋まる。

「これ、どうしたの」

真っ赤に腫れている頬をやさしく擦る。

「ああ、これか。浮気してるつもりなんか無かったって言ったら、瑞希に殴られた。ざまぁないよな」

「痛い？　かわいそう」

「あんまり俺を甘やかしてくれるな」

額に軽くキスをした。

「ねーアラン？　他の人を抱いても、皆一回だけなのは、俺だけを愛していたから？」

ゆっくりと頷く。

「ああ、気がついたら寝ていて、って、これが駄目なんだな。でも二回目を拒否しているのは、しまったって思ったからだ。頭に浮かぶお前の顔が、泣き顔で……」

「気がついたら？　なにその言い訳」

ラファエルは、あまりに支離滅裂なアランの言い訳が、普段の余裕綽《よゆうしゃくしゃく》綽のアランからは想像出来なくて、それだけ、いっぱいいっぱいなんだって思ったら、もうなんか全部どうでも良くなってしまった。

気がついたら、それこそ気がついたらだ。

ラファエルは笑っていた。

「ラフ?」

「あんたバカだね。折角こんな小僧から逃げられたのに」

涙で滲んだ目を手の甲で擦り、そのまま顔を覆い隠し、長い足をおりたたみ床にペチャンと座り込む。

「お前は世界一綺麗だぞ?」

力強く肩を抱きしめる腕がわずかに震えていた。

「本当にバカな人。もう逃がしてやらないよ」

「俺だって、お前を放しはしないさ」

「捕まったのはあんたの勝手だ」

「そっちこそ」

涙が止まらない————。

大きく広げられたアランの太く逞しい腕は、更に大きく開かれる。

「ラフ？」

貴方から来て、とラファエルの目がアランを誘う。

あなたが捕まえてと、ラファエルの欲望が誘いかける。

「俺じゃないよ。アラン、あなたが来て」

月下香

抱き上げられた華奢な体は、生まれたばかりの赤子の様に、目の前の者にもたれかかっていた。

アランのオスの匂いにつられる様に、ラファエルのフェロモンは充満し、部屋に飾ってある月下香の花が更に官能的な色気を纏っている。

シーンと静まり返った部屋に、溢れる濃厚な花の香り。そこに汗のにおいが混ざり合う。なんとも官能的な香りだった。

「すごい甘い香りだな。これなんて花だ？」

ラファエルはアランの前で一枚、また一枚と衣服を剥ぎ取られていく。

「月下香って言うんだ……」

上がっている息を、なるべく落ち着けようと大きく息を吸った。

「初めて聞く名前だな」

「花の事なんか、どうせチューリップ位しか知らないくせに。よく言うよ」

「言ってろ」

アランはラファエルの耳に舌を入れながら耳元で喋った。

「んなとこで、喋るなよ。そこ弱」

「知っているさ」

甘くひりつく様な声が、体の中心に深く入り込む。

触られてもいないペニスは既に完勃ちで、イヤイヤしてもやめてくれない。

ズボンの中に入り込んだ手はアヌスをほぐす様に指の腹が中心を押し広げてくる。お尻を小刻みに動かし、アランの手から逃げようと必死だった。目元からは我慢が出来ないのか、キラキラと綺麗な雫が、一つ二つと流れていた。

「お願い、アラン、やめて。恥ずかしい」

「恥ずかしい？　これは俺から逃げたお仕置きだよ」

お仕置き……。心臓の鼓動が速くなる。暗闇の奥で青白く光る、喰らい尽くす獰猛な目。

ラファエルが一番好きなアランの顔。

「お仕置き……して……」

唇の端を上げてニヤリとアランは笑う。

「良い子だな。じゃぁ、お願いなんだから、してくださいって言おうか」

「お願い、お仕置きして……ください」

ラファエルはアランにじわじわと追い込まれていく。パンパンに張ったペニスは痛くて、早く逝かせて欲しくて堪らない。

「良い子だな。それなら、まずお口で俺のパンツを下ろしてごらん。手は使っちゃだめだよ」

「エロジジィ」

「ツンデレか」

図星を指されたラファエルの口がジッパーを咥え涎を垂らしながらアランのズボンをずらしにかかる。中から赤黒く膨張したひときわ大きなペニスがブルンと飛び出し、ラファエルの頬を叩いた。

怪しく光る先走りに、ピチョッとした卑猥な音が雄臭い体臭とともに、纏わりつく。

「奥まで咥えて」

ラファエルの口元に、先端が当たった。

「しょっぱい」

「苦しそうなお前が見てぇ。口開けて、舌を出せ」

逃げた。拒んだ。自分なんかの為に、つなぎ止めていい男じゃない。そんな安い男じゃなかった。溺れる前に、手放せなくなる前に、捨てられてあげなくちゃ。ラファエルはそう思っていた。

しかし、相手の為と言いながら、本音は捨てられるのが怖かったのかもしれない。コールボーイ上がりの安い男だと、自分の事はよく分かっている。自分がみじめになる前に。ただ、見ているだけでいい。見てくれなくていい。その代わりに、もう捨てられる事もない。

そんな城壁に守られた安全な場所に、最後の最後逃げ込んだ。

必死の思いで逃げた月日と分厚いほどの仮面が、アランの匂いと、与えられる快楽の前に、簡単に剥ぎ取られていく。

「口を開けて、舌を出せ」

言われるがまま、ラファエルは神経の敏感になった舌先を、出せる限り付き出した。

チュッ。舌先を啄むアランの唇が、そのまま舌を飲み込んでいく。

「んー」

鼻から抜ける、音にならないくらいの小さな声は、ラファエルの身体を紅に染めていった。

ラファエルの薄い唇の端から、アランが無理やりこじ開け、口移しで流し込んだ唾液が、だらしなく乳首に滴り落ちていた。

流れ落ちる唾液を啜る様に、アランはラファエルの乳首にチュッとキスをし、再度乳輪から口に含みジュルジュルと吸い上げ、舌先で乳首を押しては前歯で軽く噛む。

「ん、そこばっかダメだってば」

「乳首良くないか？　ほら。もっと啼いてみせろよ」

もっと強い刺激を乳首に与えながら、後孔の入り口を指の腹がなぞる。

「ほら。かわいい俺のラファエル」

「アラ……ン……。ンハッ、だめそこばっかり、お願いだよ。もう挿れて」

甘噛みから始まったキスは、次第にねっとりとしたものに変わり、アランはラファエルの口腔に長い舌をねじ込み、喉奥まで犯していく。

「ンッッ、アラ、ン……苦しィ」

オエッとえずき、顔をイヤイヤする。両頬をそっと包み込むと、ラファエルの声にならない嗚咽が漏れた。

「もっと口を開けて。ほら、喉まで犯してあげるから。全身で俺を感じて。俺のキス一つで濡れる様にならないと。挿れるのはまだだよ」

アランの固くなったペニスが、ラファエルの喉を犯しにくる。

ン――――――ン。叫び声が声にならない。

ラファエルの目からは涙が滲み、ピンクの乳首は硬く立ち上がり、アランの手を今か今かと待ちわびている。指の腹で乳首をピンとはねると、ラファエルの眉間には皺がより、肩がピクリと小さく揺れる。

口から小さな吐息が漏れ、ラファエルはもう我慢出来なかった。

「やだ、アラン。待って」

「ラフ、人の話聞いてたか？　逃げたお仕置きっていっただろ？　待ったは無しだ」

「ずるい」

「狡くはないな。お前は俺の物だろう？　なのに許可なく逃げたら駄目だろう？　お前は俺を殺す気か」

ラファエルのズボンを脱がせ、中心だけ一段黒く色の変わったボクサーパンツに指をかける。

必死にイヤイヤをするラファエルの髪を、優しく掴み、顔をベッドに押さえつける。アランはそのままパンツを膝まで下ろすと尻を高く上げさせ、後ろの穴を舐め舌をねじ込んだ。

「いやっ汚い」

「お前の体に汚いとこなんかあるもんか」

恥ずかしさで、首まで真っ赤になり、羞恥に染まっている。

無理やり腰を浮かせ、アランは自分の太ももを間に割り込ませた。ラファエルとアランでは年齢だけでなく体格差も歴然だ。

組み敷かれたラファエルにアランを撥ね除ける力などある訳がない。

覆い被さる様に、後ろから抱きかかえ、片手はガッチリ腰をホールドした。ラファエルは少しでも逃げようと腰を左右に振り、抵抗を試みる。

「なんだ、欲しくて腰振ってんのか？　イヤらしい奴だな」

「違っ――」

言いかけた途端、後孔にヌプっと指が押し入ってきた。

「あん」

「俺と別れている間に、何人と寝たんだ？」

「してないっ」

背中をのけぞらせ、それでも視線だけはまっすぐにアランを見た。

「お願い、優しくして――誰ともしてないから……」

息も絶え絶えに哀願するラファエルは、サド心を刺激する。

ローションを塗りたくった後孔に三本一気に突っ込んだ。

「ひ――っいやいや、アラン許して」

「これが聞きたかった。力を抜けよ。裂けるぞ。今までの奴より気持ちよくしてやるから」

三本同時に突っ込んだ指を、グイっと曲げ、前立腺を刺激する。同時に腹に付きそうなアランの蠢くペニスをアヌスの中にねじ込んだ。

「逝く、逝く、ダメってばー、アラン。お尻、あっ、ア――」

爪先までピーンと伸びた足は、そのままダラーンと落ちて、肩で息をするのが精一杯だ。息を吐く度に心臓がドクンドクンと鳴っている。

「まだまだ失神するには早いぞ。俺は逝ってないんだからな。お仕置きなのに許可なく勝手に逝くとか駄目だろう。躾け直さないといけないな」

ごめんなさいって言わなきゃいけないのに、元来の天邪鬼がたたって、違う言葉が口を出る。

「うるさいな、俺の勝手だろ」

「勝手？　そうだなぁ。なら突っ込むのも焦らすのも、俺の勝手にさせてもらおうか」

言うが早いか、耳元にあった唇は小さな突起をジュッと吸った。敏感に立ち上がりアランの唇で噛まれ、舐め回されて真っ赤にはれあがった小さな乳首は、指でグニャリと押さえつけられる。

アランは綺麗に立ち上がるペニスをヤンワリと掴み、裏スジを擦る様に片手で擦り上げた。

「イヤッアラン、お願い、擦らないで。変になっちゃうっっ」

アランは甘いマスクを最大限に利用し、鼻先に大きく張ったペニスを押し付けた。

「ん？　お願いもっとして、だろ？　ラフ、乳首敏感だもんなぁ。ほら、何も考えるな。俺の事だけ考えて」

グイッとアランの掌が、腹の下を押した。

「ヒッ！」

後孔の皺がキュッと縮む。

「ヒーッッッ」

「ヒってなんだよ。もっとだろう？　素直になれよ」

イヤイヤをするラファエルの顎をグイッと押さえる。

「言え」

低く腹に響くアランの声が、脳に直接語りかける。

この声が頭に響くと抵抗出来ない。

「これは何をしているんだ?」

「…………」

「ん?」

「……ペニスの先っぽにぃ、アランがぁ爪をたててるぅ」

「チンコ、だよ。ほらもう一回」

「……チンコ」

「チンコがなーに?」

「チンコの先端にぃ、アランがぁ、爪を立ててるぅ」

「いい子だね」

恥ずかしそうに睨むラファエルの顔は、アランの大好物だった。

ブルルッと、震えるラファエルを見ていたら、アランのペニスははち切れそうな程質量を増し、ラファエルの中に入りたくてさらに大きく勃起した。

テラテラと濡れた蕾はひくひくして今か今かと待っている。

そんな簡単には逝かせてあげないよ。

「入れてー、お願い」

どちらからともなく唇を重ね、何度もバードキスを繰り返す。アランの吸いつく様な唇を軽く噛んだ。

「ラファエル。こっちを向いて。足首を掴んで股開いて」

ラファエルは言われたまま自らの足首を掴み、大きく広げた。

その間にアランは頭を埋め、ピクピク動くラファエル自身をパクリと口に入れた。

「ひゃっっ」

「なんだ、変な声出して」

「ちがっ」

そのままアランは、口腔に入れたラファエル自身を丹念に舐めあげ、裏筋をツーッッとなぞる。

「これ以上舐めたら逝っちゃう。だめだよ。アラン」

ゆっくりと揺らしつつ指を抜き差ししながら、コンドームを付けた。

「かわいいお前の穴が、俺を欲しがってパクパクしてるよ」

ラファエルのヌルヌルしているアヌスに、自身のそそり立つチンコの先端を押し付けるだけで、おかしいくらい興奮している。

キスをしたままゆっくりと入れていくと押し返す様なキツイ肉の感触がある。

「ぁ、もぅ、むりぃ――――ん、んぁ」

ラファエルの顔は苦痛に歪み、それでもわずかに快楽が混じっている様にも見えた。

「やばぃ、お前可愛すぎるだろ」

「ん――――――くるし……んっ」

律動を繰り返し、ペニスはさらに大きく膨らんだ。

「アラ……ン、ばか、でかくすんな」

「無理言うな。すごい気持ちいいんだ。俺はこんなの知らない。幸せってのが、快楽の強さじゃないと、お前と知り合って、初めて知った」

「俺のせいかよ」

「あーお前のせいだ。ラフ。責任とれよ」

下から突き上げ、力強く奥に擦りつける様に打ち付けた。もうかれこれ十分はこのままだ。

「もうダメ、早く逝けよ。アラン……、遅いよ」

「もったいなくて、逝けねぇよ」

「俺が我慢できない。あぁ――――――奥まで頂戴、一緒に逝きたい」

アランはピタリ動きを止めた。それに反応するように、『やめないで』と、懇願するように見上げたラファエルの口は、既に半開きで、エロさが増していた。

「いつからこんなにエロくなったんだ。俺じゃない誰かがいたんじゃないのか」

ラファエルは瞬間的にアランの肩に噛みついた。

痛みに顔を歪めるアランを睨むように、切れ長の目が大きく見開いた。

「アランじゃあるまいし、言っていい事と、悪い事があるんだよ。裏切ってきたのはそっちのくせに、何度裏切られても、あんたが好きだ。ばかにするな」

「ごめん、ごめんよ。嫉妬だ。あまりにかわいいから、焼きもちを焼いたんだ。俺じゃない誰かが、お前を可愛がったんじゃないかと考えた。最低だよな」

「本当。最低だよ。でも愛してる。どんな最低な男でも、アラン……貴方が好きだ。もっと奥まで、全部頂戴。ねぇ、貴方も気持ちぃ？」

「んっ、はぁ、あ、当たり前だ」

二人はお互いの唇を貪り尽くしながら幸せそうに笑った。

息も落ち着き、ゆっくりとベッドに横になると、こちらを向いて嬉しそうに微笑むラファエルと目が合った。

「何見てんだよ。見ていいとか言ってねぇ」

ラファエルは恥ずかしいのか口の悪さでごまかした。

「好きだ」

「うるさい。――――ねぇ、アラン」

「ん？　何だ」

「や、やっぱ何でもない」

「ずっと一緒だよ」

ラファエルは目をぱちくりさせ、数秒時が止まっていた。

「何で言いたい事が分かるんだよ」

「分かった訳じゃないさ。ただ、そうだったらいいのになと、思っただけだ」

「憎たらしい奴」

「愛しているよ。殺してしまいたい程に」

バリトンの優しい声色がラファエルを包んだ。甘えていいと、アランは言った。二度と手放さないと、確かにそういった。

「アラン、腕枕、して……」

1オクターブ高くなった声は、めったに聞けない媚薬だった。この声で甘えられてノーと言える人間が、いったいどれ程いるというのだろう。

「甘えん坊さんだな」

自分の腕の中に引き寄せ、胸元に無数の花を散らした。

朱に染まった白い絹の様な肌の持ち主は、極上の獲物だ。

「俺もしますよ」

「ん?」

割れた腹にゆっくりと唇を這わせた。好きだからこそ譲れない欲望。これを所有欲というのだろう。

「今度浮気したら俺もしますから」

口調がいつものラファエルに戻っていた。

「だめだ」

「即答ですか」

「当然だ、誰のものだと思ってる」

「絶対しますから」

「殺すぞ」

「理不尽なんですけど」

「何とでも言え。ずっと好きだったんだ。お前しかいらない。何度も抱きたいのは、お前だけだ。こんなにいいのも、お前だけだ。ラファエル」

ラファエルは大きなため息をつき、声を上げると、そのままクスリと笑った。

――逃げれば追いかける程には俺を好き。

――こんなに痩せてしまう程にも俺を好き。

――浮気したら殺してしまうという程にも、俺を好き。

――いなくなったら、俺の事しか考えられない馬鹿なアラン。

「折角逃がしてあげたのに、世界で最高の腕を持った何でも手に入る男のくせに、俺なんかに捕まって、本当に哀れな男」

「いや、世界で最高の男だろ」

ラファエルはくすっと笑ってアランの頬に口づけた。

――初めて会ったあの日から、アラン、貴方の横は俺の指定席だ。

――どんな手を使おうと誰にもやらない。

水晶のような瞳を覗き込み、アランは静かに唇を寄せた。

「愛しているよ。お帰り」

「……ただいま」

ラファエルの指には、プラチナの小さなリングが光っていた。

エピローグ

あれから数年。結局アランは何度も浮気を繰り返し、その都度ラファエルは別れ話を切り出した。それでも今でもラファエルの指にはあの時の指輪が光っている。

「おい、ラファエル。こっち来い」

休憩室でコーヒーを飲みながら、洗い物をしているラファエルを呼ぶ。フランスタイムズを広げ、何やらワラワラとみんなが集まっていた。

「何ですか」

「いいからこっち来て見てみろよ。出てくるぞ」

「だから何が」

「三枝涼だ。今度アマルフィで世界的な料理の祭典がある。日本の羽柴という金持ちが、バックグラウンドらしい」

「え?」

走り寄ってきたラファエルは、言われるままにフランスタイムズに目をやった。

『イタリア料理界のドン・三枝涼、復活か』

そこには確かに二人の写真が載っていた。

「悠。良かった……。ねぇ、アラン。エントリーが始まっているみたいですよ」

「このご時世に、今時エントリーが電話なんだな。金持ちのやることはよく分からん」

アランの太い指が、携帯のボタンをタップする。

「Bonne journée《こんにちは》. 新聞を見た。エントリーしたい。リストランテ・ワルキューレ、フランスだ。参加者はアラン・ロペスとラファエル・フォーレ」

小さな路地裏から始まった二人の出会い。彼らの歴史の第二章は、まだ始まったばかり。

了

あとがき

初めまして。赤井ちひろです。

『アマルフィの恋物語』と『最初で最後の恋だから』をお手に取っていただき、ありがとうございます。音楽・芝居・イタリア・料理・BLが大好きな私は、いつかイタリアのレストランを舞台にカメリエーレ達の恋を書きたいと思っていました。

男前で誰より優しい雨宮悠（受け）と、イケメンの俺様キャラなくせにかなり鈍感な三枝涼（攻め）が大好きで、その萌えポイントをどう表現したら、うまく伝わるのか悩みました。

素直じゃなくて、自己肯定感が低くて、自分なんかこいつには勿体無い。そう思う悠を書いていて、どんどん好きになりました。自分で書いているくせに早くくっつけばいいのにとイライラしたり、涼の鈍感さに悔しくて泣きそうになったりしました。個人的には、悠を大好きなラファエルが私は大好きで、ラファエルのサイドストーリーを二部構成で入れさせていただきました。時間軸としては『最初で最後の～』が先で、途中で時間軸が絡まるイメージです。

この話には沢山のお料理が出てきます。実際に遥か昔（笑）アマルフィに行った時、ふらっと立ち寄ったカフェで食べたレモンとクルミのパスタ。ワインの勉強をしていた時に読んだ本に書いてあって、作ってみた思い出の料理。小さい頃の望郷の味。それらが今回の料理のベースになっています。

実はこの『アマルフィの恋物語』【アマ恋】には結婚式後の続きがありまして、某小説サイトで冬の終わり位まで掲載しておりました。今回敢えてその描写は省きましたが、冒頭の悠の横にはもう一人大切な人物がいます。当時DMを下さった方が、今回続編を一緒には出さないのかと言ってくださいました。書き直してそこまで入れるか悩みましたが、大好きな羽柴戦をどうしても削りたくなくて、断念いたしました。来年には電子書籍で第二部（R18）を出せるように頑張ります。

尚、物語の中に出てくる料理・レストラン・テーマパークは実在のものとは一切関係ございません。ご了承下さい。

涼悠のその後はこれからも書いていきます。応援していただけたら嬉しいです。

今回表紙・裏表紙・挿絵を描いてくださった高嶌ヒロ様【アマルフィの恋物語】、五日様【最初で最後の恋だから】素敵すぎる絵をありがとうございます。

最後に、沢山助けて下さった編集の西村様、本当にありがとうございました。

参考文献

◇「アマルフィの恋物語〜ライラックの花咲く中庭を貴方と歩きたい〜」
『ネオルネサンス　イタリア料理』アントニオ・ピッチナルディ著（同朋舎出版）
『ワインの知識と相性のよい料理』塩田ノア（グラフ社）

著者プロフィール

赤井 ちひろ（あかい ちひろ）

1971年5月24日生まれ、双子座、A型。
神奈川県出身、岡山県在住。
玉川大学卒業。
趣味はロードバイクのレース観戦、観劇。
HP「赤井ちひろのBL生活、溺愛、執着、オメガバlove」：
https://amakoi0101.com

「アマルフィの恋物語」本文イラストおよびカバーイラスト（表）
／高嶌ヒロ

「最初で最後の恋だから」本文イラストおよびカバーイラスト（裏）
／五日　X（旧Twitter）：@itsuka_name

アマルフィの恋物語
～ライラックの花咲く中庭を貴方と歩きたい～

2023年11月15日　初版第1刷発行

著　者　赤井 ちひろ
発行者　瓜谷 綱延
発行所　株式会社文芸社
〒160-0022　東京都新宿区新宿1－10－1
電話　03-5369-3060（代表）
03-5369-2299（販売）

印刷所　株式会社フクイン

ISBN978-4-286-24416-7